Bestsellers

LARA CARDELLA

VOLEVO
I PANTALONI

OSCAR MONDADORI

© 1989 Arnoldo Mondadori Editore S.p.A., Milano

I edizione Oscar Mondadori marzo 1989
I edizione Oscar Scrittori del Novecento dicembre 1989

ISBN 88-04-38845-5

Questo volume è stato stampato
presso Mondadori Printing S.p.A.
Stabilimento NSM - Cles (TN)
Stampato in Italia - Printed in Italy

Ristampe:

37 38 39 40 41 42 43

2003   2004   2005   2006   2007

La prima edizione Bestsellers Oscar Mondadori
è stata pubblicata in concomitanza
con la trentesima ristampa
di questo volume

http://www.mondadori.com/libri

VOLEVO I PANTALONI

Non ho mai sognato il Principe Azzurro.

E, dalle mie parti, chi non sogna il Principe Azzurro o sogna il Re dei Cieli o non sogna proprio. Io ho sognato il Re dei Cieli da quando avevo cinque anni e mi dicevano che quel barbuto fra le nuvole, con gli occhi erranti e l'indice maestoso, era mio padre.

Non ho mai amato mio padre, quello terreno, perché mi diceva di non portare i pantaloni e di non far vedere le gambe; invece quel Padre che dall'alto mi proteggeva mi dava la speranza di poter un giorno indossare i pantaloni, come mio fratello, e di far vedere le gambe, come Angelina, la figlia dell'ingegner Carasotti. Nella mia stanza, sul mio lettino, disegnavo quel Padre grande, e il suo indice non era maestoso, ma tutto racchiuso nelle mie piccole dita che lo stringevano con affetto filiale. Poi entrava lui, e mi diceva che sarei andata all'Inferno, perché ero sacrilega, e non capiva che io amavo Dio.

Quando decisi di entrare in convento, ero appena adolescente: frequentavo, con poco profitto e molto disappunto da parte di tutti, il ginnasio. Nelle tediose ore di latino guardavo la finestra e pensavo a Lui che mi stava guardando e, forse, inconsapevolmente gli sorridevo.

Non era stata precisamente una scelta, quella di frequentare il ginnasio, ma le drastiche condizioni impostemi da mio padre («O la scuola o la casa») mi spinsero a preferire i banchi di scuola alle lunghe sedute davanti al telaio o davanti a una conserva di pomodoro fatta in casa. Non ero tagliata per i lavori domestici, tanto meno per gli studi umanistici; forse non ero tagliata per nulla, ma qualcosa dovevo pur fare, soprattutto per dimostrare che non mi sarei fatta mantenere da un giovanotto di buona famiglia.

Come ho detto, in quel tempo sognavo di entrare in convento: immaginavo quella vita monacale e religiosa e, quando vedevo delle suore per le vie del paese, non potevo fare a meno di guardare sotto le loro tonache, per vedere se portavano i pantaloni. Non andavo quasi mai a messa però, perché, con tutta la buona volontà di questo mondo, non riuscivo a non addormentarmi nelle lunghe omelie di padre Domenico.

La mia religiosità era spiritualistica e il mio rapporto con Dio era delimitato dalle quattro pareti della mia stanza, perché così era solo mio e non dovevo dividerlo con nessuno. Era questo un tipo di religiosità poco apprezzato dalla mentalità paesana, che concepiva un rapporto con Dio stilizzato e manierato, di cui unico tramite era il prete con l'offerta domenicale.

Io non mi confessavo quasi mai. Non che non avessi i miei piccoli peccati, anzi, ma non mi fidavo dei preti, delle loro prediche e soprattutto del loro continuo e incalzante chiedere offerte. Ma, forse, fui traumatizzata dal fatto che padre Domenico, una domenica, rimproverò ad alta voce un'anziana signora per la sua misera offerta e l'ammonì che non sarebbe entrata nel Regno dei Cieli. Oltre a ciò, pensavo di non aver bisogno di nessun tramite per il mio dialogo con Dio e del resto, tra poco, sarei diventata la sua sposa.

Le mie compagne di classe sognavano il Principe Azzurro.

Uscivano di casa con le loro lunghe gonne a fiori e le camicette bianche col pizzo, poi arrivavano a scuola, si rintanavano nei bagni, e fuori i loro armamentari da donne fatali: rossetti lucidi all'ultima moda di Parigi, ombretti e ciprie come avevano visto a quell'attrice famosa... Ma chi era?... Era... No, era quell'altra, ti sbagli... Poi si sbottonavano le camicette, per i primi due bottoni, sbucavano dalle borse pacchi di Kleenex, ed ecco i seni diventavano gonfi e prosperosi; la gonna tirata un po' più su, con l'arriccio in vita, qualche svolta, e l'orlo che s'innalza fin sopra il ginocchio e scopre i gambaletti che arrivano al polpaccio e le scarpe da maschiaccio avute in eredità, come da tradizione, dalla nonna e giunte attraverso la mamma, per perpetuare il rito.

Io assistevo da un cantuccio, e ridevo dalla superiorità della mia gonnella plissettata blu con la camicia lunga e tutta bianca di mio padre, come nuova, con ancora l'odore della naftalina. Ridevo, e pensavo alle scene di seduzione di queste ragazzine che ancheggiavano vistosamente per i corridoi della scuola, dimenando il culo ora di qua, ora di là, tra risolini isterici e tiratine in su di Kleenex cascanti. E i ragazzi le guardavano, e io sentivo Giovanni che diceva a Giampiero: «*Vidisti cchi culu? Ia ccù chissa...*»,[1] e lì una serie di propositi inimmaginabili, e le fantasie che volavano, alimentate dai fumetti porno rinvenuti in cantina o sotto il lettone o nella scatola dei ricordi di papà, vicino alla pipa e al cappello dei bersaglieri. «*Pirchì a vidisti Angilina? C'hava un paru minni accussì cà ia... U sacciu ia cchi ci facissa!...*»[2]

Poi passavo io e lì silenzio, come non fosse passato proprio nessuno, il nulla più assoluto. Ma non me la prendevo. Io mica sognavo il Principe Azzurro e mi impiastricciavo così. E poi, quante storie per sentirsi ammirate!... Io mi sarei sentita offesa e, comunque, i loro commenti non valevano certo gli schiaffoni e gli insulti dei professori o, peggio che mai, del preside.

Il preside era un reduce del movimento hitleriano, naturalmente rivisto e corretto dalla sua mentalità. Di Hitler apprezzava le manie repressive, l'atteggiamento autoritario e la convinzione che il mondo si muovesse per suo volere, ed emulava questi tratti, aggiungendovi la maestosa imponenza di Mussolini. Al suono della campanella delle otto e trenta ci attendeva in cima alle scale, tutto impettito e ritto con

---

[1] «Hai visto che culo? Io con quella... »
[2] «Perché tu l'hai vista Angelina? Ha due tette così fatte che io... Lo so io cosa le farei! »

il suo completo gessato blu, lo sguardo feroce e il cranio pelato. Non parlava quasi mai, scendeva lentamente i gradini, quasi assaporando ogni passo, e passava in rassegna gli orli delle gonne (talvolta portava anche il metro), i bottoni delle camicie, le trasparenze delle magliette, i visi, le gote, gli occhi, le bocche. Un rituale che si ripeteva uguale in tutto al suono della campanella delle tredici e trenta, con la differenza che, stavolta, qualche traccia di trucco restava, qualche Kleenex scivolava e qualche orlo pendeva.

In questi casi il preside diventava una furia e volavano schiaffoni e improperi, e l'indomani, accompagnate dal padre, ancora insulti. Subentrava il padre: «*Bonu ficia!... L'avia ammazzari a' 'sta buttana*»,[1] le madri chiudevano in casa le figlie e quando andavano a fare la spesa tenevano gli occhi bassi per la vergogna, per il disonore. E le chiacchiere del fruttivendolo, del salumiere, del macellaio; e le donne, sedute al sole, nelle mattinate calde, che si guardano maliziose di sottecchi e i bisbigli e i pissi-pissi: «*A vidisti? A vidisti?*».[2]

Io assistevo a queste scene un po' nauseata, ma soprattutto mi chiedevo il perché. In fondo anch'io ero nata e vissuta nello stesso paese di questa gente, ma non riuscivo ancora a comprendere il motivo di tanto interesse per la vita altrui. Si sapeva sempre tutto di tutti e nessuno era risparmiato: le notizie volavano a una velocità impressionante di bocca in boc-

[1] «Ha fatto bene!... La doveva ammazzare questa puttana.»
[2] «L'hai vista? L'hai vista?»

ca, colorandosi a ogni passaggio di qualcosa di nuovo, per cui, se una ragazza ritardava a rientrare a casa, quella, in un paio d'ore, sarebbe diventata una sicura *fuiuta*[1] di casa; se dalla casa dei vicini si udiva il rumore di un piatto che cade, quella era una sicura *sciarra*[2] fra coniugi, e via di questo passo.

Nessuno era indifferente a nulla: tutto interessava a tutti. E, in un certo senso, questo è il lato umano della mia gente: sicuramente non hai la libertà di agire, ma non hai neppure la libertà e il diritto di crepare da solo. Neppure un cane crepa da solo, nel mio paese.

Il ritorno in classe di queste disonorate era in genere salutato da un grave silenzio. Naturalmente erano solo le bocche a tacere, perché le menti erano in continuo fermento: *"Mischina, talè! Avà a facci russa..."*, *"Cosà quanti tumbulati ci desiru?..."*, *"Accussì s'ampara comu si vena a scola!"*.[3] E lei, la ragazza, avanzava lenta sotto il peso di quegli sguardi, lei, la vittima, lei, la *buttana*.

Ma poi veniva la ricreazione e la vittima diventava eroina, così al centro di quel fuoco di domande: «*Ma chi ti dissa tò mamma? E tò patri? Comu ti desa i lignati? Ccù vastoni? Dici ca ti misa nuda o'barcuni e ti desa cca' cinta   Mischina!...*».[4]

[1] Scappata, fuggita.
[2] Lite, discussione accesa.
[3] "Poverina, guarda! Ha la faccia rossa...", "Chissà quanti schiaffi le hanno dato?...", "Così impara come si viene a scuola!"
[4] «Ma cosa ti ha detto tua madre? E tuo padre? Come ti hanno picchiata? Con un bastone? Si dice che ti hanno messa nuda al balcone e te le hanno date con la cinghia... Poverina!... »

E nel fuoco di quelle domande e nel volare dei vari *mischina*, la poveretta si destreggiava al meglio, cercando di non far torto a nessuno. Poi, con nuova forza e con il coraggio delle bastonate, affermava a viva voce: « *Passatimi u russettu, và!* ».[1]

Io, intanto, con il mio 60 di seno-vita-fianchi, continuavo a pensare alla mia vita di sposa di Cristo, il che mi rendeva un po' estranea alle vicende comuni delle mie compagne. Non ero molto amata, tanto meno popolare; la mia unica fortuna era di non essere la prima della classe, né la seconda, se no sarei stata odiata. Ero guardata dall'alto in basso (atteggiamento perfettamente corrisposto da me!) e considerata mezza menomata mentale, oltre che assolutamente insignificante dal punto di vista fisico.

Tutto questo non mi dispiaceva, anzi. Mi sentivo un'eletta nella mia aura di perfezione e apatia.

I miei progetti di santità e di vita monastica erano solo miei, ma talvolta, in eccessi di spiritualismo, il fervore religioso era prossimo a traboccare, e questo accadeva soprattutto nelle ore di religione. Era davvero difficile, in quei momenti, riuscire a mantenere il mio segreto, e allora scrivevo pensieri liberi sui quaderni, in margine agli esercizi di matematica o alle versioni di latino.

Come ho già detto, non ero molto brava a scuola, ma c'era chi ne sapeva meno di me di ut e il con-

[1] « Passatemi il rossetto, su! »

giuntivo e mi chiedeva, al massimo della disperazione, di passare la versione. Quella volta mi fu fatale il mio altruismo, perché scordai di cancellare le frasi inneggianti al monastero e alla vita da monaca. E la mia compagna non doveva sentire molto forte il senso della gratitudine, se da quel giorno mi sentii cantare appresso da tutta la scuola: «Monachella mi devo fare…» e ritornelli simili. Io allora, pur nella mia santità, talvolta lasciavo l'aureola e gridavo come una forsennata.

Il peggio fu quando la notizia giunse alle orecchie di mio padre, e io, di fronte a quello sguardo indagatore, non potei fare a meno di confessare.

Mio padre mi chiese soltanto perché.

Io risposi: «*Pirchì mi vogliu mettiri i pantaluna*».[1]

Naturalmente, mio padre non afferrò al volo la mia ferrea logica, ma, dopo qualche spiegazione, scoppiò a ridere. Io lo guardavo e non capivo. E poi disse, stavolta serio, guardandomi negli occhi, durissimo: «*I monachi unni portunu pantaluni, c'hannu a tonaca, u capisti?*».[2]

Figurarsi se gli potevo credere!

Correndo a rifugiarmi nella mia camera gli gridai che era un bugiardo. Per fortuna riuscii a chiudermi in camera prima che la sua cintura mi sfiorasse.

Avevo paura di mio padre, non soltanto per il dolore fisico. Era il suo sguardo che incuteva terrore, i suoi occhi che mi leggevano dentro, il suo sopracci-

---

[1] «Perché mi voglio mettere i pantaloni.»
[2] «Le monache non portano pantaloni, hanno la tonaca, hai capito?»

glio che si alzava. Non avevamo un buon rapporto, non lo abbiamo mai avuto. Ero sua figlia quando doveva difendere la mia rispettabilità e garantirmi un buon partito. Per il resto, non parlavamo quasi mai, eravamo distanti anni luce e nessuno dei due abbandonava la propria posizione per oltrepassare la linea di confine.

✳ Ero solo una donna e una donna, dalle mie parti, per il padre è sinonimo di preoccupazioni fino a quando non le viene trovato un altro padre che, solo incidentalmente e per convenzione, prende il nome di marito. Donna è moglie, donna è madre, ma non è persona.

Per questo, forse, non ci siamo mai parlati e, sempre per questo, non ho mai potuto considerare la gente del mio paese come la *mia* gente. C'era un muro troppo alto tra l'essere donna e l'essere persona, e io non riuscivo a uniformarmi. Ho provato a cambiare il mio modo di vivere, ma, purtroppo, non sono mai riuscita a violentare la mia anima, e questo non mi è mai stato perdonato da chi non la pensava come me.

Dal canto mio, non ho neppure provato a far cambiare la mentalità degli altri, perché li amo troppo per commettere una simile violenza. Ci sono convinzioni che sono radicate in noi, al di là del tempo, dello spazio e dell'ambiente, e, se provi a uccidere queste convinzioni, hai ucciso la persona, più che le idee. C'è qualcosa che sopravvive in te, nonostante tutto, e quello che resta è te stesso, il vero te stesso.

Dopo aver pianto per un po' aprii la finestra, che

per fortuna era quasi una porta per la poca distanza da terra, e scappai di casa. Non portai niente con me, perché dovevo darmi a Dio così com'ero, e poi i pantaloni e la tonaca me li avrebbero dati loro.

Il viaggio non era molto lungo, ma il sole qui rende faticoso anche l'ozio. Per arrivare al convento si doveva attraversare la campagna, una campagna così bella che asciuga le lacrime più del sole. Le stagioni, qui da noi, non seguono il corso della Natura, tutto è diverso, il tempo si è fermato. Per la strada, fra i campi, c'è l'odore di terra lavorata con le mani e gli alberi vengono su con concime e sudore. Tutto qui ha il sapore del sudore: vedi i cavalli e non sono mai arzilli e svegli, hanno addosso la stanchezza del lavoro. Le bestie sono come gli uomini e gli uomini sono come le bestie.

Giunsi al convento stanchissima, dopo aver camminato per più di mezz'ora sotto il sole e con le lacrime. I capelli lunghi bagnati dal sudore e la stanchezza che era penetrata fin nelle ossa e quel portone immenso, annebbiato dalle lacrime e la forza, oh sì, la forza di sentirmi un'eroina, una specie di martire, votata al sacrificio. E la martire che bussa una, due, tre volte...

Si affaccia da un balcone una monaca. Dopo aver cercato con lo sguardo, non avendo visto nessuno, rientra.

Ero seduta sul gradino e mi facevo vento con l'orlo della lunga gonna e mi bagnavo le labbra con la saliva, mentre la mia bocca sembrava una bolgia infernale. Avevo visto la monaca e avevo sporto il muso all'insù, ma lei non mi aveva notato e io non avevo parlato, perché non sapevo cosa dire.

Dopo qualche minuto, però, udii alle mie spalle rumore di catenacci, una, due, tre mandate, e ancora catenacci e catenacci e tintinnare di chiavi. Io rimasi immobile nell'angolino di quel gradino e mi facevo piccola, il più piccola possibile.

Poi un viso bianco come il latte si affacciò dal portone, si guardò attorno e mi vide.

« Che ci fai tu, qua? »

« *Ia... vuliva diri...*[1] Io mi voglio fare monaca. »

« Ma chi sei? »

« Sono Annetta... Anna e voglio farmi monaca. »

« Questo l'ho capito, ma i tuoi genitori dove stanno? »

« Io... io non ne ho, sono orfanella e vivo da sola » e scoppiai a piangere, pensando a mio padre che mi voleva picchiare e avrei voluto essere orfana davvero.

La monaca mi guardò in un modo strano, poi sorrise e mi fece entrare.

« Bene, orfanella, mi dici qualcosa di te? »

« *Cchini? Cchi vò sapiri?* »[2]

« Ad esempio, quanti anni hai, come sei vissuta fino a ora, se vai a scuola... »

« Ho tredici anni e non ci vado a scuola, perché non ho i soldi... Prima, vivevo con mia zia Concetta, ma poi lei mi ha detto che me ne dovevo andare, perché non sapeva più che darmi da mangiare... »

[1] « Io... voglio dire... »
[2] « Cosa? Che cosa vuole sapere? »

« Scusa un attimo, ma non hai detto che vivi da sola? »

« Ah, sì... Cioè, ora vivo da sola... E siccome non ho niente da mettermi... Mi dà un bicchiere d'acqua? »

« Certo, aspetta un attimo » e uscì.

E io rimasi lì, su quel divano sdruscito, a pensare a cosa inventare, e intanto mi guardavo attorno: un quadretto ricamato con l'immagine della Madonna, un crocifisso enorme che occupava mezza parete, due sedie, un tavolino, un vaso con dei garofani rossi, un grande baule e il divano sul quale ero seduta.

Ritornò la monaca e mi diede l'acqua freschissima, poi ricominciò con le domande.

« E ora dimmi perché vuoi diventare suora. »

« Io... voglio stare sempre con Dio. »

« Ho capito, ma perché proprio qui? »

« Perché sì... A casa mia, mio padre... volevo dire mio zio, dice che non posso portare i pantaloni... »

« I pantaloni? E che c'entrano i pantaloni? » La monaca era visibilmente divertita.

« Ma voi, sotto la tonaca, non li portate i pantaloni? Io ho visto che padre Domenico ce li ha i pantaloni, sotto la tonaca... »

« Ma lui è un uomo... No, Annetta, noi non li portiamo i pantaloni, credimi » e cercava di trattenersi dal ridere e di non guardarmi.

Dovevo essere proprio patetica.

« Ma allora, una si deve fare prete per portarli? »

« Non è necessario essere un prete... basta essere un uomo... »

Me ne andai tristissima, accompagnata dall'ilarità di quella monaca, ma con una nuova idea per la testa: *"Se sulu l'omina ponnu purtari i pantaluna, allura ia vogliu essiri ominu"*.[1]

Chiusa, definitivamente, la mia carriera monastica, mi preparai a quella maschile che senz'altro richiedeva molto più della mia semplice, pur se molto forte, volontà.

Il problema, adesso, era ritornare a casa... Ero mancata per più di due ore, e sicuramente si erano accorti della mia assenza. Pensai a una qualsiasi soluzione: bugia, incidente, frattura, aggressione; ma tutte le relative progettazioni avevano la stessa invariabile conclusione: la cintura di mio padre.

Appena giunta a casa, non ebbi il tempo di parlare, perché mio padre, dietro la porta, mi aspettava con la cintura in mano.

«Ah, 'cca si? Unni a statu?»[2]

Oltre al fatto che non ero nelle condizioni psicologiche più adatte a ideare qualche scusa, c'era il pericolo che una parola, una sola parola, facesse scatenare il putiferio.

Mio padre mi guardava calmo, ma con gli occhi di fuoco.

Era sempre così, quando mi doveva picchiare. Forse si tratteneva per poter sfogare al massimo l'ira, come un fiume in piena che venga trattenuto da una diga in legno e poi basta uno scricchiolio, un pic-

[1] "Se solo gli uomini possono portare i pantaloni, allora io voglio essere un uomo."
[2] «Ah, sei qua? Dove sei stata?»

colo cedimento di qualche tavola, e il fiume rompe gli argini, si riversa con la potenza della sua violenza repressa e non conosce più ostacoli né impedimenti. Avevo paura dello scricchiolio, di spostare qualche tavola con una parola, un monosillabo, e non parlavo. Non che servisse a qualcosa, perché il silenzio lo irritava ancor di più.

« *Ah, un parli? Un c'ha nenti da diri?* » [1]

Ed ecco, deus ex machina, in una visione celestiale, appare mia madre. Ora capivo come doveva essersi sentito Isacco... E lei era l'angelo che con un gesto della mano doveva fermare la lama della scure e impedire il sacrificio. Mia madre... un angelo con i capelli grigi raccolti nel tuppo, con qualche ciuffo scarmigliato qua e là, con la veste a grossi fiori gialli sul tessuto verde e con i piedi nudi. Mia madre che si avventò su di me, gridando: « *Vinisti, ah, pezza 'i buttana? Unni ha statu?* ». [2]

Fu questo lo scricchiolio temuto, la tavola che cominciò a cedere, e il fiume finalmente traboccò.

Tra le cinghiate e le lacrime sentivo l'angelo che gridava: « *Accussì, accussì, ammazzila, ammazzila* ». [3] E mio padre a ogni incitamento si ricaricava e diventava sempre più forte, e giù con le cinghiate e gli schiaffoni, finché mi accasciai.

E sentivo l'angelo che diceva: « *Bonu, bonu, m'ammazzasti a figlia... E cchi si? Un cani? Mancu i besti si trattunu accussì!* ». [4]

---

[1] « Ah, non parli? Non hai niente da dire? »
[2] « Sei venuta, ah, pezzo di puttana? Dove sei stata? »
[3] « Così, così, ammazzala, ammazzala. »
[4] « Basta, basta, me l'hai ammazzata la figlia... E cosa sei? Un cane? Neppure le bestie si trattano così! »

E il fiume si placava, rientrava negli argini, soddisfatto.

L'angelo mi si avvicinava, dolce e preoccupato: « *Ti dola? Ti dola? Unni? Unni? Lassulu perdiri, tu u sa comu è fattu u tò patri. Però, m'ha giurari ca unnu fa cchiù, u capisti? Avanti, susiti, và, ca nenti c'è!* ».[1]

La guardai dal basso in alto e non parlai, poi mi rialzai, una riassettata alla gonna e via, nella mia stanza, a pensare alla realizzazione della mia nuova idea: essere un uomo.

Ma com'era o, meglio, chi era un uomo? Sentivo spesso ripetere, da mio padre, mia madre, i miei zii, frasi quali: « *Un chiagniri... Tu si un masculu...* »[2] oppure « *Un masculu un ioca 'cchi fimmini!* »[3] o ancora « *Talè... a varvuzza ci sta spuntandu!* ».[4]

Il maschio, *u masculu*, era una razza molto particolare: era volgare, forte, coraggioso e spietato.

Avevo vissuto una vita con un *masculu*, a casa mia, e avevo sempre dovuto sopportare il peso della tradizione, della convenzione. Mio fratello era più grande di me, e questo sembrava conferirgli l'autorità di farmi da padre, quando mio padre era in campagna. Con Antonio non avevo alcun rapporto, ero troppo

[1] « Ti fa male? Ti fa male? Dove? Dove? Lascialo perdere, tu lo sai come è fatto tuo padre. Però, mi devi giurare che non lo farai più, hai capito? Avanti, alzati, dai, che non è niente! »
[2] « Non piangere... Tu sei un maschio... »
[3] « Un maschio non gioca con le femmine! »
[4] « Guarda... la barbetta gli sta spuntando! »

diversa, troppo donna, per poter parlare, e del resto era raro che restasse a casa. Mio fratello aiutava mio padre a lavorare in campagna e, quando tornava, usciva. Spesso ritornava ubriaco a casa, a notte tarda, sbatteva contro qualche mobile e poi si buttava sul letto così com'era, vestito e con le scarpe. Non lo odiavo, come non ho mai odiato nessuno, ma non lo consideravo mio fratello. In fondo, in comune avevamo solo l'utero di una donna che solo incidentalmente era mia madre.

Important paragraph → Talvolta pensavo alla mia vita se fossi nata da un altro utero, se avessi vissuto da un'altra parte del mondo o se quella sera mio padre fosse stato così stanco da non poter alzare un dito... Non sarebbe cambiato nulla. Ci sarebbero state tante altre sere nelle quali non sarebbe stato stanco e avrebbe trovato la forza di spegnere la luce e di introdurmi nell'utero di mia madre... E poi mia madre avrebbe chiesto: « *Finisti?* »[1] e, dopo nove mesi, sarei nata io... o un'altra io che avrebbe vissuto allo stesso modo mio e si sarebbe chiamata con il mio stesso nome e avrebbe pensato a cosa sarebbe successo, se quella sera...

Per riuscire a realizzare il mio proposito cominciai a osservare minutamente la strana razza, e in particolare mio cugino Angelo. Angelo aveva tredici anni, capelli e occhi nerissimi, perennemente abbronzato sotto il sole delle campagne, dove aiutava mio zio Giovanni, *u' pilusu*,[2] testimonianza vivente delle teorie

[1] « Hai finito? »
[2] Il peloso (soprannome).

darwiniane. Mio cugino incarnava il prototipo dell'adolescente siciliano: in carne, con gli occhi vogliosi e le mani leste. Non andava a scuola, perché non gli serviva, era intelligente e vivace, con atteggiamenti più che mascolini, mascolinizzanti.

Io lo seguivo in campagna, quando mungeva il latte delle pecore smunte e dalla lana sporca, quando prendeva le uova appena deposte la mattina pre sto e le *surciava*[1] crude in un solo sorso, quando si rinchiudeva nella stalla a fumare i mozziconi di sigaretta gettati dal padre, quando camminava tra le cacate dei cavalli, perché diceva che portava bene, quando si guardava allo specchio per vedere se gli era cresciuto qualche *piluzzu*.[2] E lo imitavo.

Così, mentre le mie compagne di classe si infilavano nei bagni per *pittarsi*,[3] io mi chiudevo nel bagno e mi facevo la barba: mi passavo, con mano sapiente, il sapone sul viso, poi prendevo le lamette e toglievo, piano piano, non per paura ma per posa, la leggera schiumetta che mi si formava sulle gote. Così, mentre le mie compagne di classe usavano pacchi di Kleenex e sculettavano di qua e di là, io passavo il tempo a grattarmi quegli attributi che non avevo. E mentre loro stavano ritte e composte anche sulle tazze del cesso, io mi esercitavo a pisciare all'impiedi o a sputare dalla finestra. E mentre qualsiasi mia coetanea sarebbe svenuta alla vista di un ragnetto,

[1] Succhiava.
[2] Peluzzo.
[3] Truccarsi.

io mi divertivo ad acchiapparli e vivisezionarli. Mi cimentai anche in alcune prove di sane boccate di tabacco e, dopo qualche problema iniziale, riuscii a fumare fino a trenta mozziconi al giorno, ad aspirare la sigaretta e persino a far uscire il fumo dal naso.

Ormai ero diventata, praticamente, l'ombra di mio cugino: lo seguivo dappertutto, lo spiavo ovunque. Neanche il tempo di girarsi che, ZAC!, spuntavo io.

Dopo le prime riluttanze (*L'omina su sempri omina!*),[1] riuscii a farmi accettare da lui. Fu l'unica persona a cui confidai il mio segreto, non per mia libera scelta, sia ben chiaro, ma perché un giorno mi aveva spiato dal buco della serratura e mi aveva visto pisciare in quel modo. Non potei trovare alcuna scusa credibile e fui costretta a confessare.

Angelo accolse la notizia con una prevedibilissima risata, ma poi, vista la mia serietà, decise di diventare il mio istruttore. E mi portava sempre con sé, ovunque andasse, anche nel cesso, tanto che ci eravamo persino abituati a pisciare assieme. Mi insegnò a tirare le pietre, anche con gli occhi chiusi, e a colpire le lattine; a sputare a denti stretti con la faccia all'insù, in modo che lo sputo venisse giù a parabola; a squartare le rane e a preparare le trappole per i topi; a rubare i pomodori dello *'zza Vicinzinu*[2] ed eludere i cani posti a guardia; a camminare da *masculu* e a stringere la mano da *ominu*.

---

[1] Gli uomini sono sempre uomini!
[2] Zio Vincenzino.

Poi mi fece vedere i fumetti porno del padre e questa fu una cosa davvero particolare per me che, con le mie velleità monacali, quando vedevo un'immagine di uomo nudo nelle pagine del libro di scienze, la coprivo subito con un quaderno o con un altro libro, non certo con la mano. Il fumetto era intitolato *Biancaneve e i sette nani*. Questo mi sorprese non poco, perché non capivo l'attinenza con il mondo delle favole. Mi fermai stupita alla pagina cinque, quando vidi la dolce Biancaneve a quattro zampe con la veste alzata e il culo nudo, e il cacciatore generoso con i pantaloni abbassati e una strana cosa tra le gambe. Guardai Angelo in mezzo alle gambe e poi negli occhi... e lui rideva.

«*Ma unnu sapivi che semmu accussì?*»[1]

Be', avevo sempre visto i ragazzi grattarsi in mezzo alle gambe, ma non sapevo precisamente perché. Inoltre, ogni volta che pisciavamo assieme, Angelo si voltava sempre dall'altra parte, offrendomi la sola vista delle sue spalle e al massimo del suo culo.

Il mio tirocinio era durato appena due mesi: due mesi di speranze, di illusioni, per accorgermi alla fine che era tutto inutile, che non avrei mai potuto avere il *coso*, che non sarei mai diventata *masculu* e non avrei mai portato i pantaloni.

Ritornai, così, alla mia solita vita di *fimmina*, mi allontanai da Angelo e vissi infelice e scontenta nella mia gonna lunga plissettata blu.

[1] «Ma non lo sapevi che siamo così?»

A casa, ormai, erano stati dimenticati i miei trascorsi e la vita era tornata normale: mia madre che mi tirava le scarpe dietro, perché non l'aiutavo nelle faccende di casa, mio padre che mi tirava le scarpe dietro, perché gli avevo rovinato la sua camicia bianca e mio fratello che mi tirava le scarpe dietro, perché gli avevo distrutto il completo da barba.

Un po' di pace cominciò a respirarsi quando mio fratello partì per la Germania, a cercare lavoro; non che prima mi ossessionasse, ma, certo, se stava lontano respiravo un po' di più.

In Germania mio fratello rimase per ben sette anni: lì conobbe la sua ragazza, lì si sposarono e lì ebbero i loro tre figli, sfornati uno di seguito all'altro. I miei genitori avevano sperato in un aiuto finanziario da parte sua, ma mio fratello si fece sentire solo dopo quattro mesi, per chiedere soldi, e in seguito ogni due, tre mesi, con una letterina in cui ripeteva che i soldi erano pochi e lui doveva pur mangiare. Poi, come già detto, si sposò e ce lo fece sapere dopo due mesi, altrettanto per i miei nipotini. Infine, dopo quei sette anni, tornò a casa. Per farci conoscere la sua famiglia, disse, ma tant'è che ancora adesso sta a casa dei miei genitori e ancora non ha trovato lavoro.

Quando arrivò, tutto sembrò come in un film americano: si mise a suonare il clacson per cinque minuti buoni sotto il portone di casa e, quando mi affacciai a guardare, vidi il muso di una portaerei parcheggiata sotto casa e un braccio che si sporgeva dal finestrino. Mio fratello portò caramelle per tutti e di tutte le specie; a me piacevano soprattutto quelle gommose al gusto della Coca-cola.

Appena entrato in casa, Antonio fu assalito dalle affettuosità di mia madre che non sembrava mai sazia di guardarselo e mangiarselo a baci e abbracci. Poi, finalmente, si accorse che c'erano con lui anche altri quattro esseri biondi, magri, stanchi e con enormi valigioni in mano. Antonio ci presentò la moglie Karina («*A putivunu chiamari saprita*»[1] commentò mia madre) e i figli Giuseppe, Peter e Ingrid. Naturalmente sia mia cognata che i miei tre nipoti non capivano quasi nulla di italiano, eccetto alcune frasi come «*Mi sta rumpennu i cugliuna*»[2] o «*Ti fazzu un culu accussì*».[3] *Aggressive, unpleasant language*

Mia madre era in frenesia, non la smetteva più di offrire *minnilati*,[4] *mastazzola*[5] e di domandare come fosse la Germania.

Dalle risposte di mio fratello, dagli abiti di mia cognata e dei miei nipoti, e dalla macchina parcheggiata fuori ci eravamo convinti di avere in casa un miliardario o giù di lì. Antonio ci parlava di una grande fabbrica, della gran considerazione in cui era tenuto, dei mobili e dei giocattoli della sua casa a Colonia, ma non parlava di andarsene. Ormai, però, si era installato con la sua famiglia di nuovo a casa, e i miei genitori dovettero provvedere a sostenere tutti quanti. Più tardi si seppe che in quella fabbrica era un inserviente, che tutti gli davano del tu e che la casa si tro-

---

[1] «La potevano chiamare saporita» (che significa: carina, simpatica).
[2] «Mi stai rompendo i coglioni.»
[3] «Ti faccio un culo così.»
[4] Mandorlato.
[5] Mostaccioli.

vava fuori città ed era in affitto. La macchina era di terza o quarta mano e, per pagarla e poter tornare, aveva venduto tutto, aveva rubato dalla cassa (« *Tantu chissi c'hannu tanti sordi che i ponnu ittari* »[1] diceva lui) ed era stato licenziato in tronco: armi e bagagli ed era tornato.

In quei sette anni, comunque, vissi da figlia unica. Continuavo normalmente ad andare a scuola, con lo stesso scarso profitto di sempre e con la stessa scarsa considerazione di sempre da parte delle mie compagne. Anche loro avevano scordato il mio passato di aspirante sposa di Cristo e si erano occupate solo delle loro carriere di vamp. Tutto procedeva regolarmente, fra le solite sculettate, i soliti commenti volgari, i soliti, immancabili schiaffoni del preside. Anche se avevo perso la mia aura di santità e di ascetismo, stavo sempre in disparte. In fondo, le ore scolastiche erano le uniche che presentassero, per me, un qualche interesse, perché per il resto la mia vita era il nulla più assoluto.

Ero in quell'età critica in cui non sei più una bambina, ma non sei neppure una donna: non potevo star fuori con i miei coetanei, come nei beati anni della mia infanzia, quando costruivamo monopattini con le assi di legno tolte dalle staccionate e i cuscinetti a sfera rubati ai meccanici. Ce n'era uno al quale ero particolarmente affezionata: l'avevo costruito con le

[1] « Tanto, quelli hanno tanti di quei soldi da poterli buttare. »

mie mani e l'avevo verniciato tutto di giallo. Poi facevamo le corse dalle discese ripide e andavamo pure al mare. Ci ingegnavamo in tutti i modi per sopperire alla mancanza delle paghette.

Talvolta, prendevamo delle sedie, le sistemavamo in fila nella piazza, poi prendevamo i vestiti, le tovaglie, i tovaglioli dalle nostre case e ci improvvisavamo venditori. Non che si facessero grandi affari! Solo una volta una signora si era fermata, interessata a una tovaglia, ma l'affare non era andato in porto a causa di alcune macchie e di alcuni strappi.

Ma non era finita lì la nostra inventiva: organizzavamo collette; giravamo per il paese con dei piattini e le *santine*, e chiedevamo offerte per la chiesa. Stavolta riuscimmo a racimolare qualcosa, per cui decidemmo di ampliare l'attività, celebrando vere e proprie messe nel cortile dietro casa.

A queste attività religiose affiancavamo veri e propri furti, il sacro e il profano, per così dire. In particolare ricordo alcune bravate compiute da me e mia cugina Rosa. Eravamo più o meno coetanee, della stessa altezza e vestite allo stesso modo, per volere delle nostre rispettive madri. Spesso ci scambiavano per gemelle, anche se la somiglianza era molto vaga, pressoché inesistente. Quando uscivamo di casa, eravamo davvero carine, con i vestitini puliti, i capelli raccolti in lunghe trecce, i visini dolci e innocenti. Un'aria di ingenuità e pulizia che non poteva non trarre in inganno, e ne approfittavamo per mettere a segno dei colpi con gran maestria. Rubavamo, sotto gli occhi dei commercianti, scatole enormi di cioccolatini e canditi, senza alcuna remora o pudore di alcun tipo: mentre una distraeva il padrone con moine, l'altra prendeva il bottino. Uscivamo tranquille, facevamo qualche passo e poi, di corsa, verso la Villetta, a goderci i guadagni del nostro lavoro. Ho mangiato molte altre volte cioccolatini e canditi, ma mai più hanno avuto quel sapore.

Come ho già detto, non potevo più uscire con i miei coetanei, compagni di gioco, perché non c'era più la maschera dell'ingenuità: adesso in ogni gesto poteva esserci malizia, ogni parola poteva essere fraintesa e il bagno nudi era un ricordo lontano.

Il peggio fu quando mi vennero, per la prima volta, le mestruazioni. Dalle mie parti c'è l'abitudine o, meglio, la tradizione, perché qui si vive di tradizioni, di rendere partecipe dell'avvenimento tutto il parentado. Tradizione dal gusto molto discutibile e dal tatto ancora più discutibile. Con i miei compagni di gioco avevo parlato delle *cose*, del diventare *signurina*, del seno che s'ingrossava, degli assorbenti, e ne ridevamo.

Stavo facendo il bidet, quando vidi l'acqua colorarsi di rosso. Chiamai mia madre e glielo dissi, pregustando le sue spiegazioni imbarazzate. Mia madre mi chiese, con gli occhi bassi: « *U sa 'cchi significa?* » [1] e io, con un sorrisino, ma con fare ingenuo, le risposi: « No ». Lei disse: « *Allè, cà u sa* » [2] e se ne andò.

Non ricordo esattamente l'ora dell'avvenimento, ma di sicuro è stato di sera, sul tardi. La mattina do-

Annetta has her first period: becoming a woman.
All women in village are present to "celebrate"

[1] « Sai cosa significa? »
[2] « Dai, che lo sai! »

po casa mia era diventata una sorta di sala: sembrava una veglia per la morte di qualcuno. Se non fosse stato per gli sguardi e i sorrisini maliziosi, mi sarei davvero preoccupata per l'incolumità di qualcuno dei miei parenti. Ma capii subito che quelle visite e quelle attenzioni erano rivolte a me e, siccome morta non ero, ne dedussi che mia madre aveva dato l'annuncio a tutta la cittadinanza. Per un attimo pensai a mia madre e mi venne innanzi l'immagine dei *vanniatori*,[1] quegli uomini che venivano pagati, quando si perdeva un bambino, per attraversare le vie del paese e gridare il nome del bambino perso. Poi fu tutto un tendersi di mani, un abbracciare soffocante, un continuo sfoggio di sorrisi, di « auguri » e di congratularsi. E io, rossa dalla vergogna, che continuavo a profferire ed elargire « grazie » da tutte le parti.

Mio padre naturalmente, come tutti gli uomini, fu l'unico a non esprimersi in proposito, a non farne cenno, a evitare discorsi che anche lontanamente potessero riferirsi all'argomento. Non per tatto o per un riguardo verso di me, sia chiaro, ma perché queste non erano questioni da uomini.

Io non mi sentivo per nulla diversa. Tra l'altro il seno non era per nulla più grosso, e i reggiseni che le varie zie, come da tradizione, mi avevano regalato, erano relegati nella cassapanca, assieme al mio corredo, già pronto da quando avevo cinque anni. L'unica novità era che, di nuovo, mi era preso il desiderio di indossare i pantaloni.

[1] Banditori.

Avanzai la richiesta a mia madre e la sua risposta, innocente, rivoluzionò la mia vita di adolescente. Mi disse: «*I pantaluna falli purtari e masculi e e buttani*».[1]

Siccome maschio non potevo diventare, decisi di diventare puttana.

Per poter capire l'iter che una ragazza deve compiere per diventare puttana, bisogna spiegare il significato della parola «puttana». Dalle mie parti, la puttana non è qualunque donna che cede il suo corpo ai voleri di qualche ricco ed esigente signore; puttana è qualunque donna che nel modo di vestire e negli atteggiamenti appaia, per così dire, libertina. Il che non comporta, necessariamente, che tale donna passi da un letto all'altro, cosa che, a dire il vero, non avviene quasi mai. Puttana è soltanto un'etichetta, un lasciapassare alle chiacchiere altrui, una sorta di opera sociale.

Per poter capire quest'ultima affermazione, bisogna conoscere bene la mentalità paesana. Dalle mie parti, quasi nessuno è veramente cattivo e il gusto del pettegolezzo non è, come molti pensano, un'azione spregevole per gente maligna Il mio paese non ha mai offerto granché, nessuna attività, nessun divertimento e, nell'inerzia fisica, si sviluppano gli ingegni.

In realtà, la *sparlatina* è un'attività di eccelsa fan-

[1] «I pantaloni falli portare ai maschi e alle puttane.»

32

tasia, un'arte fatta di coloriture, di piccoli dettagli, quasi un intarsio. Non è il semplice raccontare i fatti altrui, è molto di più. È un modo come un altro per sviluppare le proprie doti mentali, una gara di fantasia. Forse non è proprio di buon gusto, ma ognuno si accontenta di quel che gli si offre.

L'opera sociale delle puttane consiste proprio in questo: dare nuovi spunti. Ma è proprio vero che la gratitudine non è di questo mondo: invece di essere apprezzate, loro, novelle crocerossine, sono biasimate e guardate dall'alto in basso. Ma, anche questo, non è per cattiveria, sia chiaro; è che le menti, così fervide, si sentono quasi umiliate a dover parlare di fatti così reali, non possono spaziare. Preferiscono dedicarsi a quelle brave figliole che escono di casa solo per andare a scuola o a messa, cercare del torbido nel loro modo di camminare, di inginocchiarsi, di guardare... E, se proprio di torbido non ce n'è, be', a cosa serve allora la fantasia?

«*Rosetta duminica un ci ia a missa... Cosà unni era e ccu cui?...*»[1]

In ogni caso io non sarei certo diventata la tipica brava figliola, che esce solo nelle grandi feste con i genitori per trovare marito; che cammina a testa bassa, insensibile agli sguardi; che la domenica si inginocchia all'altare e finge di pregare nel mormorio confuso delle vecchie zitelle che ripetono ossessivamente, da anni, la stessa litania alla Madonna e ai Santi

[1] «Rosetta domenica non è andata a messa... Chissà dov'era e con chi?...»

e che superano ogni granello del rosario come fosse una tappa della Via Crucis. Sarei stata una puttana alla luce del sole, il mio nome sarebbe passato da una bocca all'altra e soprattutto, e finalmente, avrei messo i pantaloni.

Il mio apprendistato cominciò a scuola, con l'osservazione più attenta e partecipe dei rituali di seduzione delle mie compagne. Non potevo permettermi di comprare rossetti, fard o roba del genere, non avevo i soldi e non potevo certo chiederli ai miei genitori, così, per i primi tempi, mi accontentai di guardare le altre dal mio solito angolino. Adesso, però, cercavo di avvicinarmi a loro, di sapere qualcosa di più su quel mondo e cominciai a porre le prime, timide domande.

Erano domande stupide e da stupida venivo trattata, ma non demordevo. Cominciavo già a provare i primi sculettamenti, ad alzare un po', ma solo un po', la gonnella, a portare carta igienica per aumentare il volume del mio esiguo seno. Ero goffa, decisamente goffa, e gli unici risultati tangibili furono le risate delle ragazze e i commenti sarcastici dei ragazzi. Ma, davvero, la Provvidenza non ha limiti e mi venne a trovare nel bagno, durante la ricreazione, sotto le vesti umane di Angelina Carasotti, la figlia dell'ingegnere.

Angelina era una notoria *buttana*, si era trasferita da poco in paese, dopo essere stata per più di tredici anni al nord. L'educazione che le era stata impartita era profondamente diversa dalla nostra: Angelina era molto libera, organizzava tante feste, alle quali, certo, solo poche ragazze andavano, ma piene di allegria e di musica; usciva quando voleva, e mai da sola: c'erano sempre tre, quattro ragazzi pronti ad accompagnarla; portava i pantaloni stretti a tal punto che le forme sembravano traboccare e le gonne corte e a campana, gonfie, quasi sempre di organza, che al minimo soffio di vento si alzavano e le si vedevano tutte le gambe, e lei rideva, con i denti bianchi bianchi e le labbra rosse. Guardava tutti in faccia, gli occhi negli occhi e non li abbassava mai, neppure quando i professori la rimproveravano, e una volta rischiò pure di essere espulsa, perché il professore di matematica le ordinò di abbassare gli occhi e lei gli rispose: «Io guardo dove mi pare. Se vuole, li abbassi lei gli occhi».

Per le ragazze Angelina era un idolo, io la consideravo solo un'esibizionista, pure un po' scemotta. Ma tant'è che dovetti farle pena, con tutte le mie goffaggini e i miei tentativi. Così, quel giorno mi si avvicinò, io ero davanti allo specchio che le ragazze avevano messo al muro, mi prese i capelli e me li alzò.

«Stai meglio con i capelli all'insù, non credi?»

La guardai dallo specchio, incapace di profferire parola, e feci cenno di sì con la testa. Allora lei mi prese per mano, mi guidò verso uno dei gabinetti liberi e mi disse: «Io e te dobbiamo parlare».

Appena giunte, lei si sedette sulla tazza del cesso e accavallò le gambe, poi prese una sigaretta, l'accese e tirò un forte sospiro, mentre la sua bocca assumeva la forma di un cuore tremolante tutto rosso. Sbatté un po' le ciglia, sporse la mano libera all'in-

fuori, come se tenesse un paralume, ferma a mezz'a
ria, mi guardò fissa negli occhi e disse: «Non è difficile, basta solo un po' di buona volontà, se vuoi, ti
posso insegnare».

La guardavo ammirata e stupita, convinta che non
sarei mai diventata brava come lei, mai, ma che ci
avrei provato con tutta me stessa.

Da quel giorno io e Angelina diventammo praticamente inseparabili. Lei mi trattava come un'indi-
gena da civilizzare, ma non era un prezzo troppo alto.
Fu lei a truccarmi per la prima volta, a provare
quale cipria si adattasse alla mia carnagione, quale
ombretto stesse bene con il colore degli occhi. Non
si arrabbiava quasi mai, cercava sempre di mantenere la calma, anche quando mi dimenavo continua-
mente, aprivo e chiudevo gli occhi, leccavo il rossetto alla fragola. Ma, anche quando si arrabbiava, man-
teneva sempre un certo contegno: non gridava, non
si agitava e non era mai volgare, al massimo mi diceva: «Ebete». Era amorevole e piena di attenzioni, non
le sfuggiva niente, ogni particolare era indispensabile.

Mi faceva provare le sue scarpe col tacco e mi mostrava come dovevo camminare, ma per me era una
tortura, perché lei portava il trentasette e io il trenta-
nove, così, quando camminavo, sembravo zoppa di
un piede e mi appoggiavo ai muri. Era lei stessa a
mettermi i Kleenex nel reggiseno che avevo trafuga-
to dalla cassapanca della dote e a dirmi come dovevo comportarmi: «Ricorda che i ragazzi, prima di
guardarti in faccia, ti guardano lì».

Mi insegnò pure come respirare e non credevo fosse così difficile. E poi come parlare, come guardare, come ascoltare, come fingere indifferenza, come ridere, come sorridere, come essere seria, come mangiare, come bere, come sedermi, come alzarmi, come alzare i capelli, come scioglierli. Tutto ciò corredato da tante, piccole, utilissime osservazioni.

«Quando parli con un ragazzo, devi sempre guardarlo negli occhi e, quando ascolti, guardargli la bocca e tenere le labbra leggemente aperte.»

«Quando ti interessa qualcuno, non devi mai farglielo capire apertamente: lusingalo, attiralo e poi fingi indifferenza.»

Era un manuale ambulante: per ogni situazione aveva il suo prontuario, non c'era niente di naturale in lei.

Io, dal canto mio, seguivo pedissequamente i suoi insegnamenti, senza aggiungervi niente di mio, sembravo la sua fotocopia vivente, ma ai ragazzi questo non doveva interessare molto, se poco tempo dopo cominciarono a venirmi dietro e a fare commentini salaci anche su di me.

Angelina mi considerava la sua allieva prediletta, mi portava sempre con sé e addirittura invitava anche me alle sue rinomate feste. Non che mi volesse bene, non l'ho mai pensato e del resto non ci tenevo a essere amata da lei. Ero affascinata da lei, come può essere affascinato un bambino da un adulto. Era un idolo, colei che sapeva sempre cosa fare in ogni situazione, colei che viveva come avrei voluto vivere io. Ma non ne ero invidiosa, perché non rideva mai. O, meglio, non rideva mai spontaneamente, e una persona che non ride mai non può essere felice. Forse si divertiva, ma non era felice, perché i suoi occhi erano spenti e neppure i complimenti riuscivano ad accenderli, ormai.

Le feste di Angelina erano viste come vere orge per la scarsa presenza femminile e la sovrabbondanza di galletti ruspanti. Io non potevo partecipare alle sue feste, non potevo neppure osare chiederlo ai miei genitori, perché sapevo cosa pensavano delle feste e, in particolare, delle feste di Angelina. Non potevo far altro che sognarlo, il mio debutto nel mondo delle puttane, immaginarlo o pensare a qualche soluzione, espediente, scusa qualsiasi per potervi partecipare almeno una volta. Certo, non possedevo un vestito adatto, ma Angelina mi aveva promesso che me l'avrebbe prestato lei. E pensavo a come fuggire per qualche ora da quella prigione per vivere la mia favola.

Il lenzuolo era scartato: sarei stata scoperta subito. Si doveva pensare a qualcosa di più fattibile, e l'idea l'ebbe Angelina. Sarebbe venuta a casa mia, un pomeriggio, a parlare con mio padre: gli avrebbe chiesto il permesso di lasciarmi andare a casa sua per fare una ricerca, dato che io non avevo l'enciclopedia.

L'idea mi sembrò buona, ma non volevo che Angelina venisse a casa mia. Avevo visto i suoi genitori un giorno, a scuola, ed erano elegantissimi; tutti parlavano della splendida casa di Angelina, del suo salone grandissimo con i quadri alle pareti e il lampadario di cristallo, e io pensavo a mia madre col tuppo e i vestiti di mia nonna, a mio padre con la camicia lunga, sporca di terra, e alla mia casa... la stanza da letto con il lettone al centro, l'armadio grande e la cassapanca, la cucina con il tavolo al muro e quattro sedie attorno, la pila per i piatti che serviva anche per i vestiti e il forno che affumava tutte le pareti, il bagno stretto stretto, con la tendina perché la porta l'aveva rotta mio padre con una spallata quando vi era rimasto chiuso, con la tazza del cesso sempre aperta perché mancava il coperchio e la tinozza grande di plastica, dove ci lavavamo, e infine lo sgabuzzino dove c'era la mia brandina, e fortuna che mio fratello era in Germania, se no dovevamo dividerci quel piccolo spazio, come facevamo prima che partisse.

Mi vergognavo della mia famiglia, della mia casa, di quello che ero, e temevo che Angelina, vedendo la mia realtà, cambiasse idea e non mi volesse più vicina. Ma non potevo spiegarle tutto questo, l'umiliazione del suo vestito tutto bianco sullo sfondo di quelle mura nere per il fumo del forno vecchio, dove mia madre si ostinava a voler fare il pane, perché non si sa quello che i fornai ci mettono dentro, al giorno d'oggi.

Dissi a mia madre che quel pomeriggio sarebbe venuta Angelina, e lei mi assalì, perché non voleva gente del genere nella sua onorata casa. Le risposi che era stato il professore ad assegnarmi Angelina come compagna, e si zittì, perché i professori sanno sempre quello che fanno, sono intelligenti e conoscono la gente meglio di noi. Per tutto il pomeriggio si diede da fare per pulire la casa, per renderla brillante, e passò pure la cera a terra. La casa era davvero pulita e brillava, ma le mura erano sempre nere, e Angelina venne con un vestito bianco col pizzo. Mia madre era scarmigliata, stanca e sudata, con il vestito nero più corto del sottogonna bianco, ma Angelina sembrò non badarci.

Avevo paura di farla sedere, anche se mia madre aveva pulito le sedie, mi sembravano sempre troppo sporche per quel vestito bianco, troppo bianco. E mia madre che voleva essere gentile e le offriva il pane caldo, appena sfornato e tutto nero, e Angelina che mi guardava imbarazzata. Avrei voluto sparire, confondermi con il nero del fumo e non esistere. Mia madre che parlava in dialetto e Angelina che rispondeva in italiano e io che stavo zitta. La odiavo, mia madre; sapevo che non era colpa sua e, forse per questo, la odiavo ancor di più.

Poi arrivò mio padre e rimase un po' sulla porta a guardare Angelina, stupito, ma si avvicinò e le porse la mano, sporca di terra, e la mano di Angelina si sporcò. Le sporcò la mano bianca e io vidi una smorfia di disgusto nel viso di Angelina e odiai mio padre. Ma Angelina era gentile e sorridente e teneva gli occhi bassi, quando parlava, e mio padre si convinse a mandarmi il pomeriggio successivo a studiare a casa sua, ma solo fino alle sette, massimo, perché non era bene che una ragazza girasse da sola a quell'ora.

Angelina riuscì a convincerlo a ritardare fino alle otto l'orario di rientro, con la promessa che mi avrebbero riaccompagnato i suoi genitori, con la macchina. Scordai, così, le mura nere e pensai alla festa dell'indomani. E i miei sogni erano tinti di rosea banalità, di immagini tratte da fotoromanzi o libri di Liala, se non addirittura dal mondo delle favole.

Chissà perché, poi, a un certo momento della tua vita i tuoi pensieri diventano così banali e comuni, mentre tu li senti così unici e speciali! Ma forse non è solo un momento, è tutta la vita che, in fondo, è sempre la stessa unica e speciale banalità. E comunque io ero, per me, l'unica al mondo a poter sognare quella festa, quei ragazzi, quel vestito. Immaginavo il mio trionfale ingresso in una sala splendente di luci, con le mura bianche tappezzate da quadri e gli sguardi ammirati e i commentini dei quali, ormai, non potevo più fare a meno. Quello che doveva essere un semplice cambiamento esteriore stava diventando una rivoluzione psicologica: volevo essere al centro dell'attenzione, attirare su di me tutti gli sguardi, destreggiarmi tra mille inviti a ballare, ero una commentino-dipendente...

Naturalmente la notte dormii poco e male, con il risultato che non bastarono i venti minuti della ricreazione a cancellare i segni delle occhiaie dal mio viso.

Finalmente giunse la festa. Angelina venne a prelevarmi alle diciassette a casa mia, si sorbì le ultime raccomandazioni di mia madre circa l'orario del rientro e andammo. Ancora mi vergognai di essere povera, ma l'umiliazione fu più cocente quando giunsi a casa di Angelina. Non era una reggia o un palazzo, ma ai miei occhi era molto di più. Il portone di legno chiaro con il pomello d'ottone lucidissimo, il corridoio lungo lungo e tante, tantissime stanze.

Angelina, a casa sua, cambiò completamente atteggiamento nei miei confronti: mi rimproverava perché toccavo tutto, diceva che ero una cafona, che le mie scarpe insudiciavano il pavimento, che le mie mani sporcavano i mobili, che potevo rompere quel vaso lì o quel soprammobile là, e io diventavo sempre più piccola. Mi portò subito in bagno, anzi in uno dei due bagni perché avevano il doppio servizio, anche se erano solo tre, in casa: le piastrelle erano come uno specchio, ti ci potevi davvero vedere; la vasca era grande e tutta smaltata, senza nessun graffio o segno di ruggine; c'erano i tappetini a terra e sul coperchio del cesso, e gli asciugamani tutti dello stesso colore e pulitissimi. Non osavo quasi camminare su quelle piastrelle, quasi che la mia immagine specchiata potesse devastare quella perfezione. Pensai che Angelina volesse truccarmi e le chiesi dove dovevo sedermi.

«Ma non vorrai mica venire così? Lavati, prima, e mettiti un po' del mio profumo.»

Queste parole mi offesero profondamente: ero povera, misera, morta di fame, ma non sporca!... Avevo impiegato più di un'ora a lavarmi in quella tinozza piccola, mi ero guardata e riguardata allo specchio, avevo pure messo il talco ovunque e l'odore mi stava nauseando, ma non ero sporca.

Non le risposi, lei uscì, mi disse di non bagnare il pavimento e di asciugarmi con l'accappatoio rosso, non con quello bianco, e io ripensai al suo vestito bianco e alle mura nere. Avevo voglia di piangere per la rabbia, per l'umiliazione, per quello che ero, ma lei entrò di nuovo e io ebbi appena il tempo di rialzarmi la gonna.

«Ma come? Non ti chiudi a chiave? Va bene che vuoi diventare una puttana, ma evita di cominciare da casa mia!»

«Scusami, non c'ho fatto caso...»

E richiuse. La seguii e girai la chiave.

Come spiegarle che, a casa mia, non solo non c'è la chiave, ma non c'è neppure la porta, perché mio padre l'ha buttata giù e adesso ci sono le tendine e capita che mia madre entri e mi veda nuda nella tinozza?

L'acqua, intanto, era già alta. La toccai, era tiepida, mi immersi. Subito scordai Angelina e le tendine e la tinozza, e diventai un essere umano. Rimasi in acqua per un quarto d'ora, poi Angelina mi venne a chiamare e mi alzai. Avevo messo a terra i miei vestiti, per non bagnare le piastrelle, stavo attenta a ogni passo. Presi l'accappatoio rosso e mi asciugai piano piano, rimasi umida. Poi presi il profumo di Angelina e, nella psicosi, cominciai a spruzzarlo ovunque. Raccolsi i miei stracci dal pavimento e aprii la porta: Angelina era dietro.

«Ma che hai fatto? Ti ci sei tuffata, nel profumo?»

E fece la stessa smorfia nauseata di quando mio padre le aveva stretto la mano. Poi andò vicino alla vasca guardò l'acqua, poi guardò me; pensai che l'acqua fosse grigia, che forse, davvero, ero sporca.

«Perché hai lasciato l'acqua nella vasca?»

Dovevo dirle che, a casa mia, l'acqua c'è una settimana sì e due no, che quando mi lavo non devo sprecarla, perché lì si deve lavare anche mia madre, che non la butterà neanche lei, perché, con quell'acqua, laverà il pavimento che è fatto di mattonelle spizzicate, dove puoi anche inciampare?

Mi scusai ancora una volta, lei m'ignorò con un'alzata di spalle e io le chiesi del vestito. Rispose che prima dovevo truccarmi, per evitare che qualche granello di verde o di azzurro intaccasse il suo vestito.

Alle diciotto e trenta ero pronta, con i capelli alzati, la bocca rossa, le palpebre azzurre, le ciglia lunghe e nere, il vestito azzurro di organza e le scarpe strette col tacco. Mi sentivo una principessa: la gonna ampia che si alzava quando piroettavo e la scollatura profonda sia sul petto che sulle spalle. Davanti ad Angelina diventai un rospetto: un vestito lungo, nero, tutto aderente, completamente chiuso davanti ma con uno scollo dietro che scopriva tutta la schiena e uno spacco lunghissimo. Sembrava una vera signora, con la sigaretta lunga in quel cuore tremante al gusto di fragola.

Nessun ingresso trionfale, nessuno sguardo ammirato, per me, pochi e rari i commenti. L'unica cosa che era come nelle mie fantasie era la sala: grandissima, illuminata a giorno, con i muri bianchi, pieni di quadri. Non so se i quadri avessero valore, però erano belli. In uno, con la cornice tutta dorata, era raffigurata una donna bionda, tutta nuda, su un letto, e i colori erano sfumati; lo guardavo ammirata, perché era bello, davvero bello.

Angelina, vedendomi così in contemplazione, mi

chiese cosa avessi. Le risposi che mi piaceva quel quadro. «Ma è una crosta!» mi disse. *Angelina says "it's worthless"*

Ero ignorante, e Angelina lo sapeva e per questo sorrideva e mi segnava a dito a tutti i suoi amici.

Io pensavo a cosa fosse il valore, perché un quadro è una crosta e perché un altro è un'opera d'arte. A me quel quadro dava delle sensazioni, non so che cosa, non avrei saputo spiegarlo... È come quando guardi il tramonto o il mare: provi qualcosa che non sai spiegare e non ti chiedi neppure cosa sia... Forse che il tramonto e il mare sono delle croste? Forse che perdono qualcosa del loro valore, per il fatto che esistono da sempre ed esisteranno sempre? Il loro valore è la loro libertà, il fatto che non appartengono a nessuno, ma li puoi sentire tuoi, basta che li guardi con il cuore. E, con il cuore, quel quadro era mio, perché era bello. Ma forse Angelina non ha mai guardato niente con il cuore e, forse per questo, niente potrà mai essere veramente suo. *Annetta appreciates painting for its beauty not financial value. Not ignorant about what she thinks is beautiful. Learning more about herself*

Come previsto, le ragazze erano poche, tre o quattro, i ragazzi una ventina, tutti belli e tirati a lucido. Naturalmente al centro della loro attenzione era Angelina, invitata a tutti i balli, che rideva, sorrideva, diventava seria, fissava interessata, fissava indifferente. E noi eravamo il ripiego, quando Angelina era troppo occupata per poter seguire tutti.

L'unico che sembrò interessarsi a me fu Nicola, un ragazzo di venti anni, scurissimo, ma con gli occhi come cristalli azzurri. Ballai solo con lui e gli parlai di me, evitando accuratamente di far cadere il discorso sulla mia famiglia. Nicola era molto gentile, mi guardava negli occhi e io scordavo tutto il regolamentario, poi mi riprendevo e gli guardavo la bocca, tenendo le labbra socchiuse, e lui cominciava a palparmi, allora io entravo completamente nella mia parte: lo guardavo e lo rimproveravo maliziosamente, e naturalmente dopo qualche minuto lui toccava di nuovo.

Intanto l'orologio segnava le diciannove e trenta e io dovevo andare. Angelina era sdraiata su una poltrona e un ragazzo la baciava. Ero preoccupata, perché non avevo ancora visto i suoi genitori e, a malincuore, andai da lei.

Mi disse che i suoi genitori erano di sopra, in camera da letto, e che non avevano certo il tempo di riaccompagnarmi. Fui presa dal panico. Ma Angelina aggiunse che avrebbe detto a Nicola di accompagnarmi e sorrise, maliziosa.

Nicola fu pronto nell'accettare e guardò Angelina, grato. Io temevo per mio padre, che lo potesse vedere, ma accondiscesi ugualmente, perché non potevo tornare a casa a piedi e perché volevo star sola con lui. Subito mi spogliai e mi lavai il viso. Nicola mi abbracciò e mi fece salire in macchina.

Per la strada cominciò a farmi i complimenti e a toccarmi la gamba, e ripeteva: « *U sa che ti sta facennu bbona?* ».[1]

Io non gli toglievo la mano e arrossivo. Arrivammo a casa e lui mi chiese di rivederci l'indomani, ma io non sapevo neppure se sarei stata viva, l'indomani! Naturalmente gli risposi di sì. Tentò di baciarmi e scesi subito.

---

[1] « Lo sai che stai diventando una bella ragazza? »

Mio padre era al balcone che mi aspettava e guardava la macchina. Salendo i tre gradini, tremai, ma mio padre non era riuscito a vedere Nicola. Aveva visto soltanto la macchina ed era rimasto ad aspettare che entrassi per guardarmi con i suoi occhi indagatori. Come al solito, non fece domande; mi sentivo scrutata e sporca. Poi spense la luce e io mi misi a letto.

Il giorno dopo, in classe, tutte le mie compagne mi guardavano maliziose, ma con rispetto. Alla ricreazione mi subissarono di domande: «*Cchi facistuvu? Ti vasà? Ti tuccà? Unni? Unni?*».[1] E stavolta ero io l'eroina che cercava di destreggiarsi al meglio per non scontentare nessuna, ma sempre lasciando un alone di mistero.

Poi si avvicinò Angelina e mi disse che Nicola aveva parlato con lei e le aveva detto dell'appuntamento. Anche Angelina aveva un appuntamento per quel pomeriggio, con Enzo, che non era il ragazzo con il quale l'avevo vista sul divano.

Decidemmo di ripetere la scusa della ricerca e di uscire tutti assieme.

Mio padre si convinse anche stavolta, e alle se dici e trenta uscimmo. Non ebbi il tempo di cambiarmi a casa di Angelina, perché l'appuntamento era alle diciassette, alla Villetta. Non che arrivassimo in orario, perché restammo dietro la Villetta per un

---

[1] «Che cos'avete fatto? Ti ha baciato? Ti ha toccato? Dove? Dove?»

quarto d'ora, «per farci desiderare» diceva Angelina.

Finalmente li incontrammo e ci sedemmo tutti su una panchina. Enzo salutò Angelina, toccandole il seno, e Nicola pensò di fare altrettanto. Angelina lasciò fare. Io lasciai fare. Enzo la baciò, si baciarono. Nicola mi baciò, ci baciammo.

Nicola era un ragazzo e questo mi bastava. Poteva essere Giuseppe, Giovanni, Angelo e non sarebbe cambiato nulla... Lo avrei baciato ugualmente, ugualmente mi sarei fatta toccare da lui e ugualmente non l'avrei pensato la notte. La notte era solo mia, era fatta per pensare ai miei sogni, e nessuno era con me. Nicola non l'ho mai pensato, era il trampolino di lancio. E non parlavamo, di nulla. Seduti su quella panchina, lui agiva e io aspettavo che lui agisse. Non provavo nulla, il suo bacio era l'intrusione di una lingua che si muoveva e girava nella mia bocca...

Ma passò un signore anziano, si fermò, si avvicinò e mi diede uno schiaffo, gridando: «*Buttana! Bagascia!*».[1] Era un mio zio. Mi prese per un braccio e mi trascinò così per tutta la strada, fino a casa. E il dolore era così forte che non riuscii nemmeno a pensare alle conseguenze.

Mio padre era in campagna e mia madre stava stirando. Mio zio parlò, e io ho ancora il segno del ferro da stiro su un braccio. Mia madre diede in escandescenze, mentre io correvo nella mia stanzetta a chiudermi a chiave. Mio padre non si fece attendere e mi avvertì della sua presenza con orribili colpi alla

---

[1] «Puttana! Bagascia!»

porta e accesi sproloqui. Non aprivo la porta, e mio padre la buttò giù. Pensai che non avevamo più tendine, poi cominciarono le cinghiate e non pensai più.

Quando ripresi coscienza, capii che la mia vita scolastica si era conclusa e che il mio primo sogno si stava realizzando: ero reclusa. Anche il secondo si era realizzato, almeno dal punto di vista dei miei genitori: ero una puttana. E da tale venivo trattata. Rimasi tra le quattro mura nere, davanti al telaio e alle conserve di pomodoro fatte in casa. Dovevo riabilitarmi, far dimenticare i miei trascorsi e dare il tempo a mio padre di cercarmi quel santo uomo che avrebbe sorvolato sul mio passato e mi avrebbe eletta sua sposa. Non che fosse questo il mio desiderio, ma le puttane non hanno desideri né opinioni, e nessuno si curava di chiedermeli.

Ogni giorno era una violenza in più che la mia mente subiva, e arrivai al punto di desiderare davvero un marito per non dover più sopportare i silenzi di mio padre e i pianti di mia madre.

Cominciava con dei singhiozzi leggeri, quasi impercettibili, per poi aumentare d'intensità, fino a che diventavano fiumi, oceani di lacrime. Ripeteva che non avrebbe mai pensato che sua figlia, proprio sua figlia, e lì scoppiava a piangere. E io davvero stavo convincendomi di avere fatto qualcosa di terribile, senonché c'era quella parte di me, quella che sopravvive a dispetto del tempo, dello spazio e delle violenze, c'era quella parte di me che sapeva che non avevo sbagliato, almeno nei loro confronti. Ed era quella la parte che mi impediva di accettare tutto ciò.

Eppure, nonostante tutta la mia forza di volontà, era una tortura resistere a questi attacchi da parte di mia madre. Il peggio era che non fingeva, davvero stava male al pensiero che la sua unica figlia, per la quale aveva sempre immaginato un'ottima sistemazione, ora fosse sulla bocca di tutti. Non che in realtà io fossi sulla bocca di tutti, ma dei parenti sicuramente sì, e questo bastava a torturare mia madre.

Mio zio Raffaele non si era certo lasciato sfuggire la ghiotta opportunità di gettare fango sul nome del suo odiato fratello. E mia madre da un mese (era già passato un mese, dal fattaccio!) non usciva, se non quando era strettamente necessario, e teneva gli occhi bassi, come tutte le madri delle disonorate. Ma i parenti, le sorelle e i fratelli suoi e di mio padre, non le concedevano tregua: venivano a ogni ora del giorno per le loro visite di conforto.

Era la volta della zia Nunziatina, con i suoi motti di intensa profondità (« Co pratica u zoppu, all'annu zuppichìa »);[1] della zia 'Ntunina, che per tutta la durata della visita, sempre più di un'ora, non faceva che piangere; della zia Milina, che si lamentava di tutta la gioventù e ricordava e rimpiangeva i bei tempi in cui erano i genitori a scegliere i mariti e le mogli; della zia Ciccina, che portava da mangiare per mia madre, come se fosse stata una malata in convalescenza, e le ripeteva che di fronte alla pancia non c'è dolore. Soltanto lo zio Totò e sua moglie Mimmina evi-

---

[1] « Chi pratica lo zoppo, entro l'anno zoppica anche lui. »

tavano accuratamente di venire o di trovarsi a passare dalle nostre parti, perché l'argomento avrebbe fatto ripensare a Cettina, la loro figlia di sedici anni, che da qualche mese se n'era *fuiuta* con il figlio di *mastru* Giovanni, il muratore, e ancora non se ne sapeva niente e loro non volevano avvisare la polizia per evitare che tutto il paese venisse a sapere, anche se sapevano benissimo che non c'era una sola persona che non parlasse del misfatto.

Mia madre gli era molto grata per essersi astenuti dal venire, perché, davvero, non sarebbe riuscita a tollerare questa comunanza di dolore, voleva essere sola...

Chi l'avrà mai detto, poi, che mal comune è mezzo gaudio? Mia madre soffriva e non sopportava che qualcun altro venisse a spiegarle come e perché dovesse soffrire o, peggio che mai, che qualcuno cercasse di consolarla: non voleva essere consolata, non voleva che le impedissero di piangere!...

E durante queste visite cercava di assumere un atteggiamento indifferente, come se non avesse più una figlia, e ripeteva spesso, più a se stessa che agli altri: «*A mò figlia murìa un misi fa... Ora, ia unn'haiu cchiù figlia!*».[1] Ma a questo punto scoppiava in lacrime e doveva subire l'umiliazione d'incoraggiamenti falsi, di false parole di conforto, e poi doveva ringraziarli tutti, anche se sapeva che, appena usciti da casa sua, si sarebbero rallegrati e ne avrebbero goduto, come aveva goduto lei dopo la visita allo zio Totò.

[1] «Mia figlia è morta un mese fa... Ora io non ho più figlia!»

Ricordo ancora benissimo, quando ero tornata a casa, il suo sorriso soddisfatto, le sue parole ironiche, il suo compiacimento maligno. E ora come sopportare che un'altra bocca avesse lo stesso sorriso soddisfatto, soprattutto pensando che era lei a offrire quell'occasione di godimento? Come sopportare che ogni sorriso, ogni sguardo della gente fosse riferibile a un atto di pietà maligna? Come sopportare di non sentire mai nessuna parola di scusa o di rimorso, dalla bocca di quella figlia disonorata che, nonostante tutto, continuava a mangiare, a bere, a cacare, a pisciare, a vivere, insomma? Come sopportare tutto questo?

E mia madre, alla lunga, non riuscì infatti a sopportarlo.

Adesso ai pianti, sempre meno sommessi e sempre più impetuosi e oceanici, si accompagnavano grida, gemiti e accasciamenti improvvisi a terra con altrettanti improvvisi rialzarsi e ricadere a terra per tutta la giornata. Mia madre ormai non preparava neppure più da mangiare, con la conseguenza che alle sue grida si univano quelle di mio padre.

Io assistevo a tutto ciò da dietro la porta o, meglio, la tendina (ricavata da un vecchio lenzuolo) della mia stanza, dalla quale uscivo solo per andare in bagno. Non vedevo quindi da vicino gli accasciamenti di mia madre, e se, da una parte, questa poteva considerarsi una fortuna, perché mi evitava di assistere a quello strazio, dall'altra ne aumentava la portata, perché la mia fantasia ingigantiva quella che era una semplice caduta, facendola divenire un trauma cranico, un'emorragia o qualcosa di altrettanto terribile.

Durante una di queste cadute mi preoccupai molto seriamente. In genere mia madre impiegava cinque, sei, al massimo sette secondi per rialzarsi da terra e tornare a gridare; stavolta la sentii cadere, e la sua caduta fu seguita dal rumore di un piatto che si rompeva.

Se fossi vissuta in un'altra casa, avrei potuto pensare che mia madre, in un accesso d'ira, avesse buttato il piatto a terra, non trovando altra maniera per sfogarsi, ma vivevo in quella casa da più di quindici anni, ormai, e sapevo, ricordavo le tragedie quando a qualcuno di noi per un malaugurato caso cadeva di mano un bicchiere. Figurarsi per un piatto, dal momento che i nostri piatti erano contati... Neppure in un momento di follia, ne ero sicura, mia madre avrebbe rotto un piatto. Oltre a ciò, che già di per sé era molto preoccupante, mia madre non si decideva ad alzarsi.

Per i primi dieci secondi non mi preoccupai, perché tale ritardo poteva considerarsi normale; ma quando i secondi furono venti e poi trenta e poi ancor di più (smisi di contarli, perché ero troppo in ansia), la mia fantasia cominciò a scavare nei luoghi più lugubri della mia mente...

Ed ecco vedevo mia madre distesa in un lago di sangue, io la toccavo, la scuotevo e in quell'istante arrivava mio padre o qualche mio zio (naturalmente la porta sarebbe stata aperta, per qualche sventurato caso) e mi trovava con il corpo senza vita di mia madre, le mani e il vestito sporchi del suo sangue... Sarei stata accusata di matricidio, subito dopo (a dispetto delle lungaggini delle procedure penali) condannata all'ergastolo e rinchiusa in una laida prigione, sporca e piccola, assieme a brutti ceffi... Inutilmente avrei proclamato a viva voce la mia innocenza, nessuno mi avrebbe mai creduta e nessuno sarebbe mai venuto a trovarmi nelle patrie galere...

Tutto questo lo pensai dai primi venti secondi fino ai trenta; dai trenta ai cinquanta, circa, pensai a un'altra ipotesi da film giallo, ipotesi nella quale, stavolta, ero vittima e non più assassina: mia madre aveva finto di cadere e aveva rotto quel piatto proprio per attirare la mia attenzione, per farmi uscire dal guscio e uccidermi senza pietà, inscenando in seguito un incidente con quel famoso piatto... Ma poi pensai che mia madre non aveva mai visto un film giallo né aveva mai letto qualche libro di Agatha Christie e che la sua fantasia si era sviluppata soltanto nel pettegolezzo...

Non potendo più restare in quell'incertezza e per impedire che la *mia* fantasia galoppasse verso ipotesi sempre meno verosimili e sempre più lugubri, decisi di uscire dal mio guscio e di dare un'occhiata.

La scena che mi si prospettò dinnanzi era davvero lugubre e sembrava voler dare corpo a entrambe le mie ipotesi: mia madre era distesa a terra, vicino al tavolo, con le mani aperte che toccavano un coccio di piatto! Questo mi fece pensare alla prima ipotesi, senonché, a un tratto, mentre mi avvicinavo a mia madre, la sua mano cominciò a stringere con sempre più forza il coccio di piatto, e davvero pensai allora che mi volesse uccidere, scordando le spiegazioni che mi ero data per asserire l'impossibilità di tale avvenimento.

Indietreggiai d'istinto di qualche passo, mentre mia madre tentava di alzarsi.

Con un po' di fatica, appoggiandosi al tavolo, riuscì a mettersi in piedi. Si girò dalla mia parte e mi vide, ebbe un leggero sussulto per la paura, e così io mi tranquillizzai (se è sorpresa, vuol dire che non era una macchinazione allo scopo di uccidermi), poi, forse guardandomi, rivide mio zio Raffaele che, tenendomi per il braccio, le diceva di avermi vista alla Villetta che *puttaniavo*[1] con un ragazzo, e allora si riprese da quello che probabilmente era stato un malore passeggero e avanzò contro di me, cercando con gli occhi qualcosa con cui colpirmi; e mentre io correvo in quello spazio ristretto alla ricerca di un angolo in cui essere al sicuro dalla sua ira, lei sfogava la sua rabbia lanciandomi contro, quasi fossero scarpe bicchieri piatti vasi, le più tremende maledizioni che la sua mente e il suo cuore contenessero, e parlava, anzi gridava, veloce per tema che quell'ultima imprecazione che or ora le era venuta in testa fuggisse senza che lei potesse riversarmela contro. Era tutto un volare di «*Ha moriri ammazzata!*»,[2] «*Thannu a purtari scacciata di 'na macchina!*»,[3] «*Ha moriri comi a prima buttana di 'stu paisi!*»,[4] senza contare i vari *buttana, bagascia, zoccula.*[5]

E io correvo, correvo e scappavo, perché certo mia

[1] Mi comportavo da puttana, puttaneggiavo.
[2] «Devi morire ammazzata!»
[3] «Magari ti portassero [a casa] schiacciata da una macchina!»
[4] «Devi morire come la prima puttana di questo paese!»
[5] Zoccola, prostituta da bassifondi.

madre non si fermava mentre gridava, e anzi quella corsa la caricava sempre di più, perché, dato che non riusciva a sfogarsi come avrebbe voluto, cioè sostituendomi per qualche minuto al tappeto e battendomi a dovere, la sua rabbia a ogni giro si rafforzava, fino a quando non andò nella stanza da letto e si buttò, a peso morto, sul lettone.

Non penso che si sia fermata per stanchezza, conosco fin troppo bene le risorse fisiche di mia madre! (Ne ho dovuto fare le spese troppe volte.) Penso piuttosto che si sia fermata per mancanza di altri epiteti originali: avevo notato già al penultimo giro che cominciava a ripetere «*Ha moriri ammazzata*». E io so, dopo aver trascorso almeno tre quarti della mia infanzia a litigare con i miei cugini e le mie cugine, quanto sia demoralizzante dover ricorrere alle stesse parole offensive pronunciate un minuto prima, specie se c'è qualcuno che ti guarda! Sono tutti delusi, si aspettavano un po' più d'inventiva da parte tua, e va a finire che dimentichi il motivo della lite, con chi stai litigando e tutto il resto, e pensi solo a quale nuova parola trovare per riabilitarti... E quando la trovavi era il trionfo: per te, che avevi saputo dar prova della tua fantasia e del tuo linguaggio forbito, per i tuoi amici, fieri di te, eroe del verbo, e anche per il rivale, onorato dall'aver combattuto con tale eccelsa persona e incoraggiato a cercare a sua volta altre parole per non sfigurare ed essere degno di te.

Capivo mia madre. Ma non mi fermai certo a dirglielo: non pensavo che quello fosse il momento più adatto e, soprattutto, più salutare per me, di esprimerle la mia solidarietà. Battei in ritirata e ritornai nel mio guscio.

Purtroppo, questo avvenimento non potei ricordarmelo per il resto della vita (così speravo) come una delle tante corse per casa per evitare e sfuggire alle ire di mia madre, ma dovetti ricordarlo come l'inizio di una nuova fase della mia vita. Infatti mia madre dal letto gridava adesso che non mi voleva più in casa sua, che le stavo togliendo dieci, ma che dieci!, venti, ma che venti!, trent'anni di vita, che dovevo morire io, non lei, ma poi ci ripensava e aggiungeva che «*l'erva tinta un mora mai*» [1] e tornava a piangere e a gridare.

Mio padre la trovò così, quando rientrò e perciò decisero che non potevo più vivere con loro.

Mio padre prese questa decisione drastica non certo per pietà nei confronti di mia madre o perché non potesse più sopportare la mia presenza in casa, anche perché si era sempre comportato come se io non esistessi e non gli era riuscito affatto difficile. La vera causa di questa decisione era dovuta al fatto che da oltre una settimana, ormai, mia madre non preparava più da mangiare e non puliva più la casa e lui, sempre stanco, tornava dalla campagna e doveva non solo prepararsi da mangiare, ma anche cercare di far mangiare la moglie.

Per me non cambiava nulla, perché io mi nutrivo

[1] « L'erba cattiva non muore mai. »

di cibo in scatola o di affettati o di formaggi che riuscivo a trafugare la notte, cercando di non farmi sentire.

E così decisero di mandarmi da qualche altra parte. Il problema, ora, era dove mandarmi senza che ci fosse il pericolo di vedermi o di sentire ancora parlare di me.

Io, come al solito, ascoltavo tutto e cercavo di non perdermi una parola dei loro discorsi; pensavo anch'io a dove potevo andare ed ero felice all'idea che per un bel po' di tempo non avrei più sentito i pianti e le grida di mia madre.

Certo non potevo sperare che mi spedissero a Roma, da mia zia Camilla... ma poi, perché no? In fondo, sarei stata ben distante da loro e non avrebbero avuto modo di sentir parlare di me, se non avessero voluto. No, era stupido anche solo farsi sfiorare da quell'idea: Roma era sinonimo di perdizione, e mio padre non faceva che ripeterlo quando la zia Camilla veniva a trovarci con suo marito e i suoi figli, che godevano della massima libertà. E allora, dove mi avrebbero mandato?

Lo seppi qualche giorno dopo. Ancora mia madre non preparava da mangiare e continuava a non occuparsi della casa, e mio padre cercava di affrettare le cose il più possibile.

Arrivò a casa come al solito, stanco come al solito, chiese cosa ci fosse da mangiare. Mia madre gli rispose che non aveva preparato nulla, perché era stata male, come al solito. Lui gridò e imprecò come al solito, poi si sedette e si preparò da mangiare.

Prima d'iniziare chiamò mia madre che era distesa

sul letto e la fece sedere accanto a sé. E così, bene o male, disse: «*Oggi, vittu u mò cugnatu... Vicinzinu*».[1]

«*U sapiva unn'è veru? Puru iddu u sapiva, unn'è veru?*»[2]

«*Senti, ora, unn'accuminzari a fari i tò soliti stori, fammi parlari... Sì, u sapiva... Ppi favuri, ti dissu, un ti mettiri a chiagnere, u sa ca non ti supportu quannu fa accussì.*»[3] E si girò dall'altra parte. Addentò un pezzo di pane e disse: «*Puru appitittu fa passari...*».[4]

Allora mia madre, asciugandosi le ultime due lacrime, disse: «*Avanti, ca a smisu, ora mi passa... Allè, parla...*».[5]

«*Cca spiranza ca finisti daveru... Allura, ti stava dicennu... Ah, vittu a Vicinzinu e m'addumannà se era veru u fattu d'Annetta... Se unna smetti, un dico cchiù nenti, u capisti? Chi ti stava dicennu?... U vidi? Mi facisti perdiri u filu, porc...*»[6]

E io, che volevo suggerirglielo tutto, il discorso, parola per parola, che stavo per uscire perché non ce la facevo più ad aspettare.

«*Finisti, finarmenti? Ohhh... Allura, Vicinzinu mi dis-*

---

[1] « Oggi, ho visto mio cognato... Vincenzino. »
[2] « Lo sapeva, non è vero? Pure lui lo sapeva, non è vero? »
[3] « Senti, non cominciare a fare le tue solite storie, fammi parlare... Sì, lo sapeva... Per favore, ti ho detto, non metterti a piangere, sai che non ti sopporto, quando fai così! »
[4] « Anche l'appetito mi fai passare... »
[5] « Dai, che l'ho smessa, ora, mi passa... Forza, parla... »
[6] « Con la speranza che hai finito davvero... Allora, ti stavo dicendo... Ah, ho visto Vincenzino e mi ha chiesto se era vero il fatto di Annetta... Se non la smetti, non dico più niente, hai capito? Cosa ti stavo dicendo? Lo vedi? Mi hai fatto perdere il filo, porc... »

*sa ca unna vinutu, pirchì Vannina s'ha sintutu mali... Al-
lura ci dissu ca puru tu t'ha sintutu mali... E iddu mi chiesa
u pirchì... 'Nzumma, ci dissu tutti così e m'arrispunnia
ca Annetta sa putivunu teniri dintra iddi... Mi dissa ca
pir iddi un ci sù problema, pirchì Giuvanna ancora non
si senta propriu bbona e n'aiutu ci sirvissa ppi survizza e
ca sa tena finu a quannu vulemmu natri...»* [1]

«*E tu cchi c'arrispunnisti?*»[2] chiese mia madre.

«*Ppi mmia, sa pò teniri ppi sempri...*»[3]

Io ero rimasta in silenzio ad ascoltare, anche perché non volevo perdermi neppure una parola dei loro discorsi, ma ora non resistetti più e, come in pre-
da alla follia, uscii gridando: «*NO! Ia 'nnù zziu Vicinzinu un ci vaiu, un ci vaiu e un ci vaiu!*».[4]

Mia madre, appena mi vide, si avventò contro di
me, insultandomi.

Mio padre, invece, cercò di calmarla e disse: «*Zitti, zitti, sentemmu pirchì un ci vò iri*».[5]

Ma io non parlavo, perché la cosa mi imbarazza-
va troppo.

---

[1] « Hai finito, finalmente? Ohhh... Allora, Vincenzino mi ha detto
che non è venuto, perché Vannina si è sentita male... Allora gli ho
detto che anche tu ti sei sentita male... E lui mi ha chiesto il perché... Insomma, gli ho detto ogni cosa e lui mi ha risposto che Annetta la potevano tenere in casa loro... Mi ha detto che, per loro,
non ci sono problemi, perché Giovanna ancora non sta del tutto bene
e un aiuto le servirebbe per i lavori di casa e che se la tengono fino
a quando vogliamo noi... »

[2] « E tu, cos'hai risposto? »

[3] « Per me, se la possono tenere per sempre... »

[4] « NO! Io, dallo zio Vincenzino, non ci vado, non ci vado e non
ci vado! »

[5] « Silenzio, silenzio, sentiamo perché non ci vuole andare. »

Mio padre incalzava, impietoso del mio pudore adolescenziale: «*Allura? Pirchì un ci vò iri? Vidi cà finìa u tempu di fari a capricciusa e di fari i cosi di testa tua. Cca cumannu ia e si fa chiddu ca dicu ia... Tu, dumani ti ni và a stari ddà!*».[1]

«*E ia m'ammazzu... Vattri u sapiti pirchì ia un ci vogliu iri.*»[2]

«*Zittiti, ca un sulu sì buttana, ma sì puru farfanti*».[3]

Andai a piangere e a pensare nella mia stanza. Ripensare a quella storia di sei anni prima, che ormai credevo dimenticata e passata per sempre.

Avevo meno di dieci anni. In quel periodo più che con i miei genitori stavo da mia nonna, la madre di mio padre. Eravamo una famiglia unita: in quella casa si riunivano i fratelli e le sorelle di mio padre, con i loro figli. Io ero la nipote prediletta, sia da mia nonna che dai miei zii. Lei, addirittura la chiamavano «la nonna di Annetta». I miei zii, dal canto loro, si occupavano più di me che dei loro figli, mi coccolavano e mi riempivano di premure.

Era un periodo davvero felice della mia vita: uscivo da scuola, andavo da mia nonna che abitava a pochi metri di distanza e lì restavo per tutto il pomeriggio e la sera; talvolta dormivo pure là. I pomeriggi

[1] «Allora? Perché non ci vuoi andare? Guarda che è finito il tempo di fare la capricciosa e di fare le cose di testa tua. Qua comando io e·si fa quel che dico io... Tu, domani, te ne vai a stare là!»
[2] «E io mi ammazzo... Voi lo sapete perché non ci voglio andare!»
[3] «Sta' zitta, che non solo sei puttana, ma anche bugiarda!»

li trascorrevo in tutta serenità, giocando con i miei cugini e con i miei amici. Alcune volte andavamo da mia zia Vannina, che ci faceva giocare o ci raccontava storie di spiriti.

Mia zia Vannina era la sorella minore di mio padre e aveva un carattere allegro e, per certi versi, un po' infantile. Per noi bambini era una festa andare a casa sua, perché ci sentivamo più amati che a casa nostra. Lei non solo scendeva al nostro livello, giocando con noi, ma ci faceva pure salire al suo livello, ci faceva sentire grandi: ci faceva lavare le scale, i piatti, i vestiti e non ci dava niente in cambio, e non solo noi non ci lamentavamo, ma eravamo addirittura noi stessi a chiederle di farci fare quei lavori che, a casa nostra, fuggivamo come la peste. Ma lei aveva metodo e pazienza.

Non ricordo mai una volta che avesse alzato le mani su qualcuno di noi; quando ci rimproverava, lo faceva con dolcezza e ci amava o, almeno, mostrava di amarci tutti allo stesso modo, per cui non nascevano contese e nessuno si metteva in mostra per cercare di accaparrarsi il suo amore: ce l'avevamo già, il suo amore, e tutti allo stesso modo. Neanche i suoi figli trattava meglio di noi: era la zia Vannina di tutti. Viveva in una vecchia casa, vicino a quella di mia nonna, perciò era molto facile che nei pomeriggi le poche stanze fossero invase da una ciurma di bambini con in mano secchi, spugne e strofinacci.

Io stavo molto bene con lei, perché era buona e divertente, ma volevo molto più bene a mia nonna, anche se mia nonna non era molto giusta, anzi! Voleva più bene a me che a tutti e non perdeva occasioné per dimostrarlo, persino quando erano presenti gli altri nipoti con i loro rispettivi genitori. A dire il vero, in quei tempi non mi accorgevo, o non volevo accorgermi, di questa ingiustizia. Gli altri, naturalmente, si trovavano meglio con mia zia.

Spesso, comunque, capitava che zia Vannina mi invitasse a dormire a casa sua, e spesso i miei genitori acconsentivano a farmi andare. Come ho già detto, mia zia abitava vicino a mia nonna, quindi i miei genitori non avevano molti problemi o preoccupazioni. Poi mia zia cambiò casa e si trasferì in una zona che era dal lato opposto del paese. Diventò molto più difficile trascorrere del tempo con lei: doveva esserci qualche motivazione importante per andare a casa sua.

Avevo tanta nostalgia di quei pomeriggi e probabilmente anche mia zia doveva sentire un po' la mia mancanza, se a un certo punto mi invitò a trascorrere qualche giorno da lei Fu lei stessa a parlarne a mio padre e a riuscire a convincerlo, dopo qualche no detto più per assolvere al suo dovere di padre che per reale timore di qualcosa.

Uno scoglio più pericoloso e imprevisto fu mia nonna, che si oppose decisamente, perché non ce la faceva a sapermi così distante per un tempo che superasse le dodici ore. Fui io a parlarle e la convinsi, puntando e facendo leva sul suo amore che, nei miei riguardi, era più che materno. Così mise da parte timori ed egoismi e mi fece andare.

La casa di mia zia si trovava vicino allo stagno ed era un'abitazione più di campagna che cittadina: era circondata da erba e alberi, e la mattina presto di là passavano pure i pastori che mungevano il latte fresco davanti a noi. Ero felice di trascorrere quei giorni a casa sua, mi sentivo eletta, perché ero stata l'unica, fra i nipoti, a essere invitata.

Mio zio Vincenzo era esattamente il contrario di sua moglie: tanto gentile e attiva era lei, tanto indifferente e perdigiorno era lui. Ricordo che quàndo abitavano ancora vicino alla nonna, mia zia stava sempre ad aspettarlo fino a sera tarda, e una volta mi portò con lei in un bar per riportarlo a casa, ubriaco. Mia zia adorava le sue figlie e, per loro, si adattava a qualsiasi tipo di lavoro, per sopperire alla mancanza di lavoro e di volontà del marito. Vivevano in ristrettezze economiche davvero gravi; addirittura, una volta una delle mie cugine era andata a chiedere un panino a credito al salumiere, e questi l'aveva mandata via in malo modo, e pensare che lei non aveva appetito, aveva fame, fame vera!

Mia zia soffriva in modo atroce per queste umiliazioni, voleva che i suoi figli avessero tutto dalla vita. In un certo periodo lo zio Vincenzo era andato in Svizzera a lavorare, ma era ritornato dopo un anno o giù di lì, senza un soldo e avendo alle spalle solo una bella avventuretta con una svizzera. Mia zia, per mantenere se stessa, le figlie e naturalmente il marito, faceva iniezioni di casa in casa, andava a lavare scale, vegliava il sonno di vecchi rincoglioniti.

Quando arrivai a casa sua, mi accolse con moltissimo calore, invitò i miei genitori a entrare, offrì loro del formaggio e delle olive e mi mandò a giocare con le mie cugine. Dopo una mezz'ora i miei genitori vennero a salutarmi, perché dovevano andare via. Allora, dato che era già pomeriggio inoltrato, mia zia ci disse di metterci in pigiama, mentre lei ci preparava la minestrina.

Era inverno e quei piatti caldi, fumanti e odoranti di campagna erano più ristoratori di cento coperte. Anche perché c'era mia zia ad accompagnare ogni cucchiaiata con qualche particolare, sempre nuovo e sempre avvincente, della vecchia e mai terminata storia di Piddu e Puddu, Chidda e Nuddu.[1]

Ci mettemmo a letto e dormimmo subito. Non ho mai visto un bambino che soffra d'insonnia e ricordo che nemmeno io, almeno fino ad allora, avevo problemi ad addormentarmi.

L'indomani mattina ero l'unica bambina in casa, perché le mie cuginette erano andate a scuola, mentre io ero stata dispensata da quell'oneroso dovere: quei giorni erano una vera vacanza per me. Quando mi alzai, vidi mia zia sulla porta, le chiesi dove stesse andando e lei mi rispose che usciva un attimo per farsi dare della verdura da una vicina. Aggiunse che non dovevo avere paura, perché in casa c'era lo zio che sarebbe rimasto con me.

Ero in cucina e vi rimasi, per fare colazione. Ero seduta vicino al tavolo e bevevo il mio bicchiere di latte appena munto, quando avvertii una presenza alle mie spalle, mi girai ed era lui. Mi ero sempre sentita un po' in imbarazzo con lui, perché con noi bambini era sempre distaccato e non ci rivolgeva quasi mai la parola.

[1] Piddu e Puddu (nomi inventati), Quella e Nessuno.

Mi guardò per un po' senza parlare, poi mi disse: « *Ti piacia u latti? Unnè bbonu?* ».[1]

Risposi di sì e continuai a bere, con lo stesso imbarazzo.

Poi, non ricordo come fu, lui si avvicinò a me, prese una sedia e mi sedette accanto. Mi alzò la gonna e introdusse un dito nella mia vagina. Non ricordo proprio cosa stessi pensando in quei minuti; forse ha ragione Freud quando parla di processo di rimozione, perché le immagini di questo fatto mi vengono innanzi sfocate e le parole che mi sembra di ricordare rimbombano, come se in quella stanza ci fosse l'eco e i suoni si ingigantissero, tanto che io non ne posso afferrare il senso.

Non ricordo quanto durò tutto ciò e se, durante questo tempo, lo zio dicesse qualcosa. Ricordo però, e questo lo ricordo con assoluta certezza, che io non gli dissi di smetterla, né feci qualcosa per farlo smettere.

Allora arrivò mia zia e lui mi disse, levandosi: « *Poi, continuammu* ».[2]

Quella sera venne mio padre con mia nonna, e io me ne andai.

Non avevo capito cosa fosse successo. Non l'avevo capito allora, mentre stava succedendo, e non lo capii ancora per parecchio tempo.

[1] « Ti piace il latte? Non è buono? »
[2] « Poi, continuiamo. »

Non deve sembrare strano: avevo quasi dieci anni, è vero, ma chi doveva spiegarmi che quel che mi era stato fatto era male? Mia nonna? Era grande, anziana, e poi non toccava a lei. Mia madre? Ho già raccontato come mi spiegò cosa fossero le mestruazioni...

Dunque, ero stata quasi violentata, mi ritrovavo con la spada di Damocle di un prossimo tentativo appena se ne fosse presentata l'occasione, e io non lo sapevo. E non lo immaginavo neanche lontanamente, anche perché lui non mi minacciò, né mi ordinò di mantenere il segreto; quindi, se non era una cosa da nascondere, non era nulla di male. E, se non era nulla da nascondere, allora non valeva la pena di raccontarlo.

Così scordai l'accaduto, o almeno credevo di averlo scordato fino a quando, qualche mese dopo, mia cugina Rosa cominciò a parlarmi di mestruazioni e di altre cose strane di quel genere. Mi parlò dei baci, delle toccate, dei pomiciamenti, insomma, del sesso. Fu allora che mi tornò in mente quello strano episodio e, siccome avevo intuito che in qualche modo c'entrava con il suo discorso, le raccontai il fatto, per quella strana forma di esibizionismo che vuole che tu abbia a ogni costo qualcosa da dire, in ogni situazione, solo per poter dire « Anch'io ».

Quella volta, però, da una parte fu un bene che non fossi riuscita a trattenere la lingua, perché, finalmente, capii l'importanza di ciò che mi era accaduto. Ho detto da una parte, e la ragione c'è: la reazione di Rosa. Mi guardò inorridita e poi disse: « *Mmmoruuu!!! Chissa è 'na cosa tinta!* ».[1]

---

[1] « Oddio!:: Quella è una cosa brutta! »

In quel periodo mia nonna era ricoverata all'ospedale, perché pochi giorni prima era stata molto male. Il dottore, molto giovane, con una gomma da masticare in bocca aveva detto: «Infarto». Io non sapevo cosa fosse l'infarto, ma avevo visto il volto tranquillo del medico e allora avevo pensato che non fosse nulla di grave.

Quando Rosa mi disse che quella era una cosa brutta, ebbi paura e non trovai il coraggio di confessarla a mia madre. Pensavo che mi avrebbe picchiata, ma non era solo questo: mi sentivo in imbarazzo a dover affrontare quel tipo di discorso che sapevo riguardava qualcosa di sporco, di molto sporco, se Rosa aveva reagito in quel modo.

Così decisi di parlarne a mia nonna, che con me si era sempre dimostrata buona e comprensiva. Quando glielo dissi e mia nonna mi chiese se fosse vero, le risposi di sì.

«*Porcu! Scannalìa picciliddi!*»[1] e si mise a piangere.

Tre giorni dopo mia nonna morì.

Qualche giorno dopo il funerale mia madre, che era molto legata a mia nonna, mi chiamò e davanti a mio fratello mi chiese: «*Veru è chiddu cà ci cuntasti a nonna?*».[2]

Risposi con un cenno della testa, perché ero imbarazzata.

«*Un tu putivi teniri? Tu a facisti moriri a tò nanna!*»[3]

---

[1] «Porco! Scandalizzatore di bambini!»
[2] «È vero quello che hai raccontato alla nonna?»
[3] «Non te lo potevi tenere per te? Sei stata tu a far morire tua nonna!»

E lì si concluse il discorso e mai più fu riaperto.

Io non ci ho mai capito nulla: i miei genitori sembrano tenerci tanto al mio onore e a quello della famiglia, allora, come hanno potuto sopportare questo? Non parlo per me, parlo per loro. Poi, il mio è anche un altro discorso, perché io ho continuato a subire questa violenza per anni: la violenza di vederlo entrare a casa mia, tranquillamente, ed essere il benvenuto; la violenza di dover subire le sue parole (quando baciavo la zia Vannina, sentirmi dire: «*A mia un mu dù u bacettu?*»[1]) e non poter neppure sputargli in faccia, difendere la mia dignità; la violenza di non poterlo odiare davanti a tutti, di considerare quel fatto come un eccesso d'ingenuità da parte mia, di addossarmi la sua colpa e persino quella di Dio, perché, secondo mia madre, ero stata io a far morire mia nonna.

E allora ho preferito rimuovere quel ricordo dalla mia mente, impedirmi di pensarci e, per questo, impedirmi di pensare a mia nonna, che era quanto di bello e di pulito avevo. E non sono più passata da quella via, dalla via della mia infanzia.

Nonostante ciò, soffro d'insonnia e la notte ho gli incubi e devo dormire con la luce accesa. E almeno una notte alla settimana sogno che, a turno, una notte l'uno, una notte l'altro, tutti i miei zii mi violentano; da un po' di tempo sogno che mi violentano anche mio padre e mio fratello. Solo *lui* non sogno mai.

E ora loro volevano che andassi a vivere a casa

[1] «A me non lo dai il bacetto?»

sua, sapendo che era rimasto qualcosa in sospeso, fra me e lui; sapendo che lui mi aveva detto: «*Poi continuammu*».

Avevo sempre pensato che i miei genitori non mi avessero creduta, ma non potevo pensare che addirittura mi mandassero a vivere da lui, per chissà poi quanto tempo. Va bene che non mi consideravano più loro figlia, ma forse che questo dava loro il diritto di mettere così in pericolo la mia dignità di persona?

Rimasi tutta la notte a pensare a cosa fare: volevo fuggire, avvisare la polizia, farmi proteggere da qualcuno, uccidermi... Qualsiasi cosa, pur di non andare da lui, ma mio padre si era posto davanti alle tendine per impedirmi qualsiasi tentativo di sfuggire alla sua volontà.

La notte, naturalmente, la trascorsi in bianco. Sentivo il pendolone scandire il trascorrere delle ore e mi sentivo un agnello nel giorno di Pasqua e odiavo sentirmi così perché, da quando mi si erano levate dalla testa le velleità monacali, non ero più votata al vittimismo.

Nonostante tutto questo, ormai, loro avevano deciso cosa fare della mia vita e io non potevo far nulla, proprio nulla. Tra l'altro vedevo l'ombra di mio padre davanti alle tendine: era seduto, con le braccia conserte.

Verso le tre e mezzo avevo tentato di parlargli, di esternargli le mie paure e lui mi aveva risposto: «*Di cchi ti scanti? Se ha ffari a buttana, armenu falla bbo-*

na! Ma, forsi, cà un ti piacia? Già, tu i vò giovani e bed-
di... Vida di faratillu piaciri e dorma».[1]

Non ho mai capito se ironizzasse o dicesse sul serio. E non so, sinceramente, cosa fosse peggio: se la
sua ironia, in un momento tanto importante della mia
vita, o la serietà, il volermi davvero gettare nelle fau-
ci di quel lupo famelico della mia innocenza che era
l'unica cosa che potessi dargli di me.

Non ho mai nemmeno capito il perché del comportamento di mio zio: avrei potuto capire, non giustificare (giustificare, mai, in nessun caso), se fossi
stata una di quelle ragazze che a solo vederle senti
tutto un fuoco dentro ed è quasi una necessità farla
tua, possederla, magari e ancor meglio se usandole
violenza. Ma io ero appena una mocciosetta, una *va-
và da minna*,[2] come si dice qui da noi. Se a quasi sedici anni il mio seno era di una piattezza impressionante, figurarsi cosa doveva essere a dieci anni: la Pia-
nura Padana personificata! E per quanto riguarda il
resto, il resto non c'era proprio... Cosa ci si poteva
attendere da una bambina, ancora neppure sulla via
della pubertà? Ma è inutile cercare delle motivazioni
che potevano essere trovate solo ricorrendo alla psi-
canalisi, se non alla psichiatria addirittura...

In quegli anni mi era capitato spesso di ripensare all'accaduto, con un senso di disgusto e di pietà.
Disgusto per lui, per quel che era, pietà per le sue

---

[1] « Di cosa hai paura? Se devi fare la puttana, almeno falla bene!
Ma, forse, non ti piace? Già, tu li vuoi giovani e belli... Vedi di far-
telo piacere e dormi. »
[2] Bebè, neonato che prende il latte.

figlie che, ormai, dovevano essere quasi adolescenti, e per questo in pericolo solo a stargli vicine... Se aveva provato con me, perché non avrebbe dovuto farlo anche con le sue figlie? Avrebbe avuto scrupoli morali? Non credo, perché sono convinta che egli considerasse l'accaduto normale, se no mi avrebbe almeno chiesto di tacere. Chissà chi avrebbe potuto difendere le mie cugine dal loro stesso padre?...

Adesso ripensavo a tutte queste cose e mi accorgevo che era la seconda volta, in una notte, che pensavo a un padre come a qualcuno da cui fuggire... E, se non ti puoi fidare più neppure di tuo padre, di chi mai ti potrai fidare?

Tutte le illusioni infantili cadevano, le favole delle caramelle da non accettare dagli estranei, di non salire in macchina con sconosciuti... Stupidaggini! Dovevate insegnarci a difenderci da voi, genitori, parenti e amici, perché per gli estranei c'è l'istinto di diffidenza, congenito in noi, e, se proprio qualcuno è così ingenuo da affidare la sua vita nelle mani del primo che passa, allora è solo a se stesso che deve addossare la colpa di episodi spiacevoli. Ma chi ci ha mai insegnato a difenderci da voi? A chi dobbiamo poi dare la colpa, se siete voi a ucciderci? Alla nostra incrollabile buona fede?

Quando avrò un figlio, la prima cosa che gli dirò sarà di guardarsi da me e da suo padre, e glielo ripeterò ogni giorno di ogni mese di ogni anno della sua vita, fin quando non avrà messo da parte quello stupido istinto infantile che ti porta a consegnare la tua vita nelle mani della prima persona che ti lusinga con quattro moine e due bacetti; una persona che, per un puro caso, è un genitore, ma che potrebbe essere chiunque e tu ti affezioneresti allo stesso modo e, allo stesso modo, gli affideresti la tua vita, perché siamo cani in cerca di un padrone che ci coccoli, ci bastoni e che, soprattutto, ci protegga. Ma chi ci proteggerà dal padrone? Sarà un altro padrone, dal quale ci dovremo proteggere, e poi verrà un altro padrone e un altro padrone ancora, e non saremo mai al sicuro, fin quando non capiremo che la vita è troppo importante per essere affidata all'arbitrio di una persona che non sia il nostro io.

Questo insegnerò a mio figlio: di essere lui, il vero padrone della sua vita e di non appoggiarsi mai a nessuno, neppure a noi, i suoi genitori.

Nonostante ciò, volevo solo che mio padre mi abbracciasse e mi dicesse che non mi avrebbe mai abbandonato, che sarebbe rimasto vicino a me, per proteggermi da tutti gli zii Vincenzini di questo mondo... Mi sentivo così piccola, quando, invece, avrei dovuto cercare di essere grande, grandissima... Ma mio padre non veniva, non entrava ad abbracciarmi e io, abbracciando e mordendo il cuscino, ripensavo a mia nonna che non avrebbe mai permesso tutto questo, che mi avrebbe tenuta stretta a sé, come quando dormivamo assieme, sia d'estate che d'inverno.

Era strano quel che succedeva quando dormivo con mia nonna: ci coricavamo abbracciate, io, piccola, mettevo le mie gambe in mezzo alle sue che erano tutte mollicce di vecchiaia, e lei me le stringeva, e la mia testa in mezzo al suo petto grosso e rilassato, da mamma. Ero in una posizione fetale e lo strano era che, quando mi risvegliavo, mi ritrovavo nella stessa posizione, ed era ancora più strano perché, durante il sonno, io mi giro e mi rigiro senza un attimo di tregua.

Penso che mia nonna si svegliasse molto prima di me e mi risistemasse nella stessa posizione, ma era bello immaginare che avessimo dormito in quella posizione per tutta la notte. In ogni caso era bellissimo che lei facesse di tutto per farmelo credere.

Ho sempre pensato che mi sposerò soltanto con un uomo capace di tenermi in quel modo e per tutta la notte. Per adesso, mi accontentavo del cuscino che, comunque, ogni mattina ritrovavo a terra o dall'altra parte della brandina.

L'idea di mia nonna che dall'alto mi guardava mi confortò, e rimasi a parlarle per un po': « *Nonnì, m'ha scusari se hava assai ca un ti parlu... Tu u sa pirchì unni l'haiu fattu... A mamma mi dissa ca fuvu ia a farti muriri, quannu ti cuntavu di chiddu fattu... Ia un penzu ca fuvu ia, ma se, ppi casu, fu curpa mia, ti giuru, ia un vuliva... M'ha scusari, se un ti vittu, quannu eri 'n menzu a casa, ma tu u sa ca io mi scantu e tu un vulivi ca ia mi scantava di tia, unn'è veru? Un sacciu mancu comu è fatta a tò casa ora, pirchì da quant'hava ca muristi, un c'haiu passatu cchiù. Ora tu vuliva chiediri un favuri... Tu u sa ca u tò figliu mi vò mannari nni chiddu ddà... Nonnì, tu chiedu ppi favuri, un mi ci fari iri... Iddu mi dissa ca vuliva continuari a fari chiddi cosi e ia un sacciu comu haiu a ffari... O papà un c'interessa nenti cchiù di mia, u vidi comu fa, comu si comporta ccu mmia? Ia u sacciu ca sbagliavu a fari chiddi cosi ccù ssù carusu, però, no', secunnu tia, è giustu ca mi l'hannu a fari paiari accussì? Avà, no', ia ancora carusa sugnu, se unni sbagliu ora, quann'è*

ca haiu a sbagliari? Quannu sugnu accussì veccia e arru-
puddata che un mi pozzu mancu smoviri? E poi, i vidisti
i tò figli e i tò nori comu sò tutti suddispatti? E chissi eru-
nu chiddi cà mi vulivunu beni... Ia u sacciu ca sulu tu m'ha
vulutu beni... Pirchì muristi, nonnì?, pirchì mi lassasti
sula ccu chissi?... Ppi favuri, aiutimi, nò, diciaccillu a quar-
cunu, ddocu supra, un dicu propriu o Signuri, ma quar-
chi Santu ci sarà ca t'ascuta... Parlici, spieghici tutti cosi,
dicci che c'addrumu tri cannili, quannu mi fannu nesciri
di ccà... E dicci puru ca, se m'aiuta, ogni duminica mi ni
vaiu a missa, ci fazzu l'offerta e unni sbadigliu mancu 'na
vota, mancu se staiu cripannu ccù sonnu... Cchi dici, non-
nì, c'abbastinu tutti 'sti cosi? Se un c'abbastunu, fatti diri
chi c'è bisognu e ia u fazzu, subbitu, va bbeni?».[1] E, ras-
serenata, m'addormentai.

---

[1] « Nonnina, mi devi scusare se è da tanto che non ti parlo... Tu
sai perché non l'ho fatto... La mamma mi ha detto che sono stata
io a farti morire, quando ti ho raccontato quel fatto... Io non penso
di essere stata io, ma, se per caso è stata colpa mia, te lo giuro, non
volevo... Devi scusarmi, se non ti ho vista quando eri in mezzo alla
casa [morta], ma tu lo sai che ho paura e tu non volevi che avessi
paura di te, non è vero? Non so neppure come sia fatta casa tua,
ora, perché da quando sei morta non ci sono passata più. Ora, ti
volevo chiedere un favore... Tu sai che tuo figlio mi vuole mandare
da quello là... Nonnina, te lo chiedo per favore, non mi ci fare andare... Lui mi ha detto che voleva continuare a fare quelle cose e
io non so come devo fare... A papà non interessa più niente di me,
vedi come fa, come si comporta con me? Io lo so che ho sbagliato
a fare quelle cose con quel ragazzo, però, nonna, secondo te, è giusto che debbano farmela pagare così? Dai, nonna, sono ancora ragazza, se non sbaglio ora, quando devo sbagliare? Quando sarò così vecchia e rammollita da non potermi neppure muovere? E poi,
hai visto i tuoi figli e le tue nuore come sono soddisfatti? E questi
erano quelli che mi volevano bene... Io so che solo tu mi hai voluto
bene... Perché sei morta, nonnina?, perché mi hai lasciato sola con
questi?... Per favore, aiutami, nonna, dillo a qualcuno, lassù, non
dico proprio al Signore, ma qualche santo ci sarà che ti ascolta...

Dopo qualche ora vennero a svegliarmi: era mio padre che mi ripeteva che erano già le otto e dovevo preparare la valigia per andare. Mi alzai subito. Solo dopo qualche minuto ripensai alla preghiera della sera o, meglio, del mattino, e non potei fare a meno di rivolgere con il pensiero un tacito «grazie» stracolmo di ironia a mia nonna e a tutti i santi, amici suoi del Paradiso. Ma, insomma, con trecentomila santi che abbiamo, uno disoccupato, che s'interessasse a me, proprio non era riuscita a trovarlo? Va be' che il tempo che le avevo dato non era stato poi tanto, ma nel Paradiso il tempo non esiste, esiste solo l'eternità... Allora avevo un bell'aspettare che il mio desiderio si esaudisse!...

Mentre pensavo queste cose, per un attimo mi balenò innanzi un'immagine. Cercai di ricostruirla, ma restava sempre uno stralcio di ricordo, il ricordo del sogno fatto, prima di essere svegliata: c'era mia nonna e io continuavo a ripetermi che non poteva essere, perché ormai era morta; lei, leggendomi nel pensiero, mi rispondeva che quello era un sogno e che lei era davvero morta e stava in Paradiso; le chiedevo come fosse la vita da quelle parti e mi rispondeva che la trattavano bene e che mangiava ogni giorno pasta col sugo... E non ricordavo altro, ma m'incuriosiva

Parlagli, spiegagli tutto, digli che gli accendo tre candele, quando mi fanno uscire di qui... E digli pure che, se mi aiuta, ogni domenica andrò a messa, farò l'offerta e non sbadiglierò neppure una volta, neppure se sto crepando dal sonno... Che dici, nonnina, gli basteranno tutte queste cose? Se non bastassero, fatti dire cosa c'è bisogno e io lo farò, subito, va bene? »

il fatto in se stesso, che io avessi sognato mia nonna che, da quando era morta, non avevo mai sognato, neanche il giorno della sua morte.

Mi piaceva pensare che non mi fosse venuta prima in sogno, perché immaginava che non fossi ancora pronta e perciò non mi voleva turbare con la sua presenza: voleva sentirsi voluta, chiamata. Non riuscivo, però, a spiegarmi il significato di quel sogno. L'unica cosa sicura era che non avevo ricevuto aiuto neppure da lei, e questo mi demoralizzò ancor di più, mi fece sentire ancora più sola, piccola e bisognosa d'affetto.

Intanto, casa mia ferveva di grandi preparativi per il mio allontanamento: mia madre si affannava a cercare valigie e scatoloni, borse e sporte; apriva i cassetti, come un'invasata, tirava fuori tutta la mia roba e la sbatteva in tutta fretta nella valigia aperta. Mio padre l'aiutava, cercava da tutte le parti e toglieva ogni cosa che non solo appartenesse a me, ma che fosse stata anche una sola volta toccata da me: non doveva restare nessuna traccia del mio passaggio in quella casa, anche il mio odore doveva sparire e al più presto.

A ogni vestito posto nella valigia seguiva qualche commento da parte di mia madre: adesso era la volta della gonna rossa con i pois neri (« *Mancu i sordi ca spinnivu ppa accattarci a stoffa!* »)[1] e poi della maglietta di lana verde (« *Era da mò mamma e ia a desu a 'sta bagascia* »).[2] E ancora della gonna bianca, la giac-

---

[1] « [Non avrei dovuto spendere] Neppure i soldi che ho speso per comprare la stoffa! »
[2] « Era di mia madre e io l'ho data a questa bagascia. »

chetta blu, la camicia bianca di mio padre... Ogni capo le offriva l'opportunità di ripensare a quanto accaduto e di maledirmi sempre di più (« *Cintati e gargiati ci vulivunu e vuliva vidiri se avissi fattu a buttana!* »).[1]

Infine l'opera fu terminata e mia madre scoppiò a piangere.

Sperai che questo attacco di pianto fosse una specie di rimorso tardivo, ma, allo stesso tempo, tempestivo e provvidenziale, almeno per me; pensavo che in fondo, nonostante le apparenze, anche mia madre era pur sempre una madre e che io, per quanto fossi una disonorata e una puttana, continuavo, che lei volesse o no, a essere sua figlia.

"Ora ci ripenza e un mi ci manna cchiù 'nna zzia Vannina."[2]

Previsioni troppo rosee, dettate dalla disperazione, non certo dalla ragione, perché, se avessi ragionato anche solo per un attimo, mi sarei subito resa conto dell'assurdità della mia speranza: mia madre piangeva sì, per il dispiacere, ma per il suo dispiacere, per l'idea che mia zia Vannina parlasse in giro di quel che era accaduto alla sua famiglia. Era convinta, come sempre, che « *I rrobbi lorda si lavunu dintra* »,[3] ma allo stesso tempo non trovava soluzione più adeguata. E ricominciò a insultarmi e, non contenta, prese a rincorrermi per tutta la casa; riuscì ad

---

[1] « Cinghiate e schiaffoni ci volevano, e avrei voluto vedere se avrebbe fatto la puttana! »
[2] "Ora ci ripensa e non mi manda più dalla zia Vannina."
[3] « I panni sporchi si lavano in casa. »

afferrarmi, grazie al fattore sorpresa, mi prese per i capelli, mi fece pulire il pavimento con la mia lunga chioma, e girava e attorcigliava i miei poveri capelli...

La fermò mio padre, alla fine: « *Lassila perdiri, che accussì pirdemmu tempu* ».[1]

E mia madre, convinta da quell'argomento (l'unico, credo, capace di distoglierla), mollò la presa e i miei capelli respirarono.

Mio padre era decisamente felice; forse già pensava a quando sarebbero tornati a casa e mia madre, finalmente libera dalla mia presenza, si sarebbe occupata della casa come faceva prima, e di sicuro già assaporava quegli spaghetti fumanti, ricoperti di sugo, con il sapore della passata di pomodoro fatta in casa, come solo sua madre sapeva prepararsgliela. E allora si affrettava a mettere tutto sul furgoncino dello zio Vittorio e già ci chiamava dalla strada, per farci fretta.

Mia madre aveva uno sguardo strano: mi insultava, qualche volta mi dava anche un pizzicotto, ma aveva gli occhi tristi e sembrava indugiare. Forse era soltanto una mia impressione, il desiderio di non sentirmi del tutto abbandonata da tutti. Anche quell'ultimo « *Ha moriri ammazzata* » mi sembrava più triste degli altri, più sofferto... E quel pizzicotto non era forse una quasi carezza, un dirmi « *Si ancora a mò figlia* »...?[2]

No, non lo erano, perché, se no, non mi avrebbe mai fatta andare via, da lui...

---

[1] « Lasciala perdere, altrimenti perdiamo tempo. »
[2] « Sei ancora mia figlia. »

Mio padre continuava a chiamarci e mia madre si decise a chiudere l'ultima valigia.

Io tenevo la testa e gli occhi bassi, subivo tutte le sue offese, i suoi pizzicotti, le sue cattiverie. Talvolta avevo voglia di reagire, di gridarle quel che pensavo di lei, ma temevo di compromettere una possibile, se pur remota, eventualità di ripensamento. E lei era convinta che io avessi capito la mia colpa e avessi accettato la pena e ripeteva: «*I calasti i corna, ah?*»,[1] ma lo stesso non perdonava.

Salimmo sul furgoncino, e mio padre metteva in moto. Ero sistemata vicino al finestrino e mi sentivo una deportata, un'ammanettata che viene trasportata in prigione... Sarà stato per il mio atteggiamento dimesso e compunto, per la loro espressione soddisfatta e trionfante...

In effetti mia madre era cambiata, completamente. Adesso, quel velo di tristezza le era scivolato del tutto dagli occhi e, quando vedeva qualcuno che conosceva, abbassava per un attimo la testa, in segno di saluto, poi guardava orgogliosa avanti a sé, perché stava facendo il suo dovere, ripudiandomi.

Camminammo per circa un quarto d'ora, e io non ricordo a cosa stessi pensando in quei momenti, forse ancora pregavo mia nonna o Dio o tutt'e due assieme. Il furgone sterzò, e riconobbi la strada dove abitava mia zia. Girando intorno allo stagno, sentii

[1] «Le hai abbassate le corna, eh?»

quel puzzo insopportabile, vidi quelle case come baracche, che davano sull'acqua, gente affacciata che parlava dal balcone con la vicina e gesticolava e gridava e, in mezzo alla strada, Rosanna, una delle due figlie di mia zia, che rincorreva un gatto.

C'erano delle pecore che attraversavano la strada, mio padre non aspettò che passassero: fermò il furgoncino e ci disse di scendere; del resto, mancavano solo pochi metri per arrivare, ma poteva anche aspettare... Scendemmo, aspettammo che mio padre prendesse le valigie, ne portammo una ciascuno e ci avviammo.

Le donne affacciate adesso avevano smesso di parlare e di gesticolare; con il viso in giù ci guardavano con estremo interesse e, sicuramente, si stavano chiedendo cosa facessero tre persone, da quelle parti, con tre valigie in mano; poi, fatte le loro brave congetture, le esternavano alle vicine e assieme cercavano la spiegazione più convincente. Certo, sarebbe stato molto più semplice aspettare e poi chiedere a mia zia, che naturalmente non avrebbe lesinato notizie e informazioni succulente, ma vuoi mettere la differenza?

Mia zia era dentro. Entrammo senza bussare dalla porta perennemente aperta e la trovammo in cucina che stava prendendo il caffè. Quando mi vide, fu, come al solito, molto espansiva: mi abbracciò, mi baciò e mi chiese come stavo. Risposi con un'alzata di spalle. Mi rimproverò per non essere andata a trovarla, quando stava male, io le risposi abbassando lo sguardo, lei capì e mi fece un cenno d'intesa, come a dire «Io sono dalla tua parte». Poi si rivolse ai miei genitori e chiese a mia madre come stava.

81

Mia madre rispose con il solito tono di lamento, dicendo: «*Comu haiu a stari, ccu sta buttana? Mi luvà deci anni di vita...*».[1] E mio padre assentiva con il capo e mia zia non diceva niente.

Era tipico di mia zia Vannina non mettersi mai contro nessuno, dare l'impressione di essere solo dalla tua parte! Mia madre intese questo silenzio come una condanna nei miei riguardi e ne fu contenta, perché pensava che sarei stata punita a dovere.

Rimasero solo pochi minuti, mentre io portavo le mie cose nella stanza delle mie cugine. Sentivo mia madre che piangeva e le dava le ultime raccomandazioni su come doveva trattarmi. Poi andarono via e mia zia mi chiamò in cucina.

Mi disse subito che non dovevo preoccuparmi di nulla, che a casa sua mi sarei trovata benissimo, che non mi avrebbe affatto trattata come una schiava, come mia madre le aveva più volte raccomandato.

Per un attimo avevo avuto l'impulso di parlarle di suo marito, di esternarle i miei timori, ma non ne ebbi il coraggio; avevo paura che non mi credesse e mi odiasse anche lei. Mi sentivo nuovamente protetta e amata e non volevo sciupare questo momento con timori che, probabilmente, erano troppo esagerati e non avevano motivo di sussistere.

Mi chiese cosa fosse successo, esattamente, perché ne aveva sentite di tutti i colori: c'era chi le aveva riferito che ero stata scoperta da mio padre mezzo nuda con un vecchio...

---

[1] «Come devo stare, con questa puttana? Mi ha tolto dieci anni di vita... »

Le raccontai cos'era successo, le dissi dei pantaloni, di Angelina, della festa, di Nicola, di quello che avevamo in realtà fatto, e lei ebbe un'espressione intenerita.

« *E mà tempi, quannu aviva a tò età, puru ia staviva 'ccu'n carusu... Un facivumu nenti, però u vinna a sapiri u nonnu e mi scassà a lignati... Comu se unn'abbastava, un mi ficia nesciri cchiù da casa e, sulu dopu tri anni, vittu o ziu e subbitu mi maritava ccù iddu, anchi pirchì non è che mi putiva mettiri a circari u Principi Azzurru, unna havia u tempu e poi se u faciva comi minimu m'ammazzavunu... Ti pozzu capiri... Ti pozzu capiri... Comunqui, basta ccù 'sti storii, pinzammu a sistimari i tò rrobbi...* »[1]

Andammo nella stanzetta delle mie cugine e cercammo di sistemare alla meno peggio tutta la mia storia e i miei quasi sedici anni nei due cassetti disponibili.

Erano le dieci e, prima che suo marito tornasse, dovevano passare ancora almeno tre ore: zio Vincenzo doveva dare la parvenza dell'impegno a cercare un lavoro, lavoro che poi, in effetti, non riusciva a

[1] « Ai miei tempi, quando avevo la tua età, anch'io stavo con un ragazzo... Non facevamo niente, però è venuto a saperlo il nonno e mi ha ammazzato di botte... Come se non bastasse, non mi ha fatto uscire più di casa e, solo dopo tre anni, ho visto lo zio, e subito mi sono sposata con lui, anche perché non potevo mettermi a cercare il Principe Azzurro, non ne avevo il tempo, e poi, se l'avessi fatto, come minimo mi avrebbero ammazzata... Ti posso capire... Ti posso capire... Comunque, basta con questi discorsi, pensiamo a sistemare i tuoi vestiti... »

trovare mai; ora era il lavoro troppo faticoso e mal retribuito, ora era il datore troppo esigente o presuntuoso o antipatico. Qualunque fosse la motivazione, in ogni caso la conseguenza era che la zia Vannina, anche per quel giorno, doveva fare il giro dei vicini, o dei fratelli, per cercare di rimediare il necessario per sopravvivere… almeno per quel giorno. Era raro che non le capitasse qualcosa: la gente la conosceva e l'ammirava, la comprendeva e la compativa; come ho già detto, nel mio paese neanche un cane poteva morire senza essere aiutato o almeno compatito. E, se proprio non riusciva a racimolare neanche qualche lira, allora scendeva in paese a cercare un lavoretto di poche ore che le permettesse di comprare il pane senza per questo intaccare la sua dignità o abbassarmi a compromessi umilianti.

La zia si era sempre vantata (era l'unica cosa di cui potesse vantarsi) di aver mantenuto alto il suo onore e la sua onestà. E, del resto, non credo che qualcuno provasse mai a farle qualche proposta, per così dire, sconveniente. Non che non fosse una bella donna, anzi! Certo, molto trascurata, ma con quel tipo di bellezza che neppure la fatica e gli anni riescono a distruggere: possono celarla, magari, ma non annientarla.

La bellezza di mia zia era nei suoi occhi, nerissimi e lucenti, nel suo modo di camminare, sempre a testa alta, nei suoi atteggiamenti, che anche nei momenti più umilianti mantenevano un che di altero e di dignitoso. Era alta, sorprendentemente alta, data la media degli abitanti del paese e data la statura dei suoi genitori e dei fratelli, che non superava i centosessantacinque centimetri; di carnagione olivastra (anche questo piuttosto atipico in mezzo a una popolazione di semi-africani), con i capelli neri e lunghi, perennemente raccolti in una coda di cavallo da cui sfuggiva qualche ciocca che le andava a scivolare sugli occhi nerissimi. Ma la sua vera bellezza erano gli occhi. Spesso capitava che, stanca, si sedesse e si lamentasse della vita che l'aveva fatta invecchiare precocemente e non le aveva concesso la felicità di vedere le sue figlie soddisfatte, come tutti gli altri bambini; eppure, anche in quei momenti di sconforto, i suoi occhi la tradivano: brillavano, rivelando un'incrollabile fiducia in quella stessa vita che l'aveva defraudata di quanto di più prezioso esista, la sua giovinezza.

Non aveva avuto un'infanzia facile, come tutti i figli della guerra, ma per lei era stata particolarmente dura. Erano sette figli di una fornaia e di un pescatore con la passione per l'antichità. Zia Vannina era la figlia più piccola, ma non la più coccolata e vezzeggiata.

Certo, in quei tempi era difficile persino parlare di coccole, ma non è vero che il disagio di essere figli sia nato dagli anni del benessere. Mia nonna mostrava una forte predilezione per mio padre, che era il maggiore. A lui era riservata l'unica fetta di carne, mentre i fratelli lo guardavano, non riuscendo a staccare gli occhi dal piatto. Quasi certamente gli altri non soffrivano per questa discriminazione che, più che lo stomaco, intaccava l'anima: gli altri miei zii vedevano questi favoritismi come un normale e necessario tributo a una virtù che solo per un caso era stata concessa a mio padre, la maggiore età.

Mia zia era più sensibile e, forse proprio per questo, aveva sempre sofferto. I vantaggi dei quali mio padre godeva non si esaurivano certo nel cibo: mio padre era l'unico che potesse andare a scuola, anche se zia Vannina mi raccontava sempre che era lei a spiegargli quello che lui leggeva dieci volte, sempre senza capirlo. Aveva frequentato fino alla quinta elementare, anche se poi la notte andava a leggere di nascosto i libri di mio padre, che a sua volta sempre racconta questa storia, prendendola in giro. Aveva dovuto rinunciare all'istruzione e subire l'abbandono volontario e contrastato di mio padre della stessa. Stava in casa e aiutava mia nonna nei lavori di casa, ma non per questo veniva in qualche modo apprezzata: sua madre sembrava nutrire un'istintiva avversione per lei... Forse non è esatto dire istintiva, perché l'istinto di una madre è di amare i figli. Ho usato questo termine nel senso di qualcosa di irragionevole, dettato da chissà quali motivi.

Mio nonno, al contrario, la adorava ed era l'unica dei sette che portasse con sé, quando andava a pescare o andava al cimitero per cercare qualche vaso o moneta antichi. Ma mio nonno, in quella casa, contava quanto può contare una madre in una società patriarcale: era mia nonna a tenere il denaro e glielo centellinava, non risparmiando considerazioni sulla sua inettitudine.

Mia zia ricorda quegli anni con un pizzico di risentimento che mio padre non ha mai rilevato; risentimento nei riguardi di quel fratello più fortunato che, tuttavia, sembra non rendersi conto della sua fortuna di essere il primo figlio, e per giunta maschio. Io amavo mia nonna, ma, ugualmente, non posso fare a meno di condannare quel comportamento: mio padre era una semidivinità, la sua parola, dopo quella della madre ma quasi sullo stesso piano, anche nella casa paterna era legge.

Quando era in vena di nostalgie, la zia ci raccontava le sue vicende giovanili: era molto legata al suo passato e, nonostante tutto, sembrava amarlo profondamente. Ci diceva di quella volta che mio padre la vide al porto con una sigaretta in mano e gliela voleva far inghiottire accesa; di quando mio nonno la vide con quel ragazzo che le stava soltanto parlando e dovette punirla e picchiarla, perché era con un suo amico che, poi, lo riferì a mia nonna; ma, soprattutto, ci parlava dei due mesi trascorsi, a vent'anni, dalle Orsoline.

Era stata una sorella di mia nonna a volere che diventasse una suora, perché era fissata con la chiesa. La zia aveva vissuto quei due mesi in profonda solitudine, dal momento che nessuno della famiglia andava mai a trovarla. Poi aveva visto un ragazzo, in chiesa. Non ne era innamorata, ma credeva di esserlo... E come puoi non credere di essere innamorata di un ragazzo che, a vent'anni, è il primo che ti faccia provare l'emozione di essere una donna? Si incontrarono un paio di volte, prima di essere scoperti dalla madre superiora. Furono subito avvisati i miei nonni che andarono a riprenderla, vollero sapere tutto di quel ragazzo, gli andarono a parlare e, circa tre mesi dopo, la zia Vannina diventava la signora Amato.

Non era felice, perché non era innamorata, ma

non era neppure infelice. Semplicemente, accettava di vivere quella vita che le avevano imposto. Da una parte pensava di potere in qualche modo riscattarsi, con una famiglia tutta sua.

Ebbe Rosanna dopo qualche anno, e quella prima fu sempre la figlia alla quale rimase più legata, per quanti sforzi facesse per essere imparziale nei suoi affetti. Mia nonna non l'assistette durante il parto, l'andò a trovare il giorno dopo. La prima cosa che disse, quando ebbe la notizia da mio zio, fu: «*Un fustivu bboni mancu a fari un masculu*».[1] Poi, quando vide la bambina, commentò: «*Moru, cch'è laida!*».[2] E mia zia dovette rivivere con sua figlia Rosanna prima, con Aurelia dopo, la terribile sensazione di essere rifiutata, perché mia nonna riversò la sua avversione per la figlia sulle nipoti, discriminandole rispetto agli altri cugini. Eppure, quando mia nonna morì, fu lei, zia Vannina, la sola a piangere e gridare. Quando parla di sua madre, mia zia piange sempre. E i suoi occhi continuano a brillare.

Dopo aver sistemato le mie cose, andammo in cucina, ci sedemmo, e lei si accese una sigaretta. Era l'unico lusso che si permettesse e al quale non avrebbe mai rinunciato: fumava sempre con un'espressione fiera e orgogliosa, e avevo notato che, quando c'era mio padre, fumava molto più spesso, con maggior

---

[1] «Non siete stati nemmeno capaci di fare un figlio maschio.»
[2] «Oddio, quanto è brutta!»

gusto, e non evitava di buttarglielo in faccia, il fumo. Era l'unica rivincita che si prendesse: potergli fumare in faccia, senza che lui osasse cercare di farle ingoiare la sigaretta accesa...

Ora era tranquilla, sedeva con le gambe incrociate in modo elegante e mi scherniva, perché io non volevo fumare. Mi invitava a provare e sembrava quasi offesa ogni volta che, sorridendo, rifiutavo.

Forse era l'unica cosa che potesse offrirmi o, forse, voleva sentirsi ancora più unita a me. Già eravamo piuttosto vicine per la somiglianza delle nostre vicende, ma la zia aveva un certo pudore a esternare le sue sensazioni: aveva sempre vissuto in un mondo ipocrita che le ricacciava dentro le emozioni, anche se non riusciva a disilluderla.

Dico queste cose con tanta sicurezza, non perché io sia dotata di un sesto senso o di qualcosa del genere, ma perché quella mattina mia zia trovò il modo per rendermi più unita a lei, e non fu con una sigaretta.

Parlavamo ancora di quanto mi era successo, e lei mi chiese quali fossero le mie aspirazioni e i miei sogni; le risposi che, per ora, il mio sogno più grande era di indossare i pantaloni.

Sorrise, poi mi disse di seguirla. Mi portò nella sua camera da letto, aprì l'armadio e mi disse di togliermi la gonna; prese uno dei pantaloni di suo marito e mi disse di provarli.

La guardai per un attimo, mi tolsi la gonna e presi quei pantaloni: erano larghi, praticamente ci nuotavo dentro, ma la zia tirò fuori una cintura e me li strinse in vita.

Ero comica come un pagliaccio, ne avevo le sembianze e... scoppiammo a ridere.

Poi lei mi guardò e mi disse delle parole così tristi che mi sentii una stupida ad aver desiderato, per così tanto tempo, una cosa tanto misera:

«*Macari fussa accussì facili accuntintarsi e campari...*»[1]

Forse, più che le sue parole furono i suoi occhi a spaventarmi: per un attimo non brillarono più. Poi tornarono a brillare, e lei si alzò dal letto. Aprì un cassetto del comodino che era dalla sua parte del letto e ne trasse fuori un libriccino con la copertina di pelle marrone, me lo diede e mi suggerì di leggerlo, quando avessi avuto un po' di tempo e di voglia per farlo.

Lo aprii subito, ma lei mi chiese di non leggerlo davanti a lei, che già era stato difficile trovare il coraggio di farmelo vedere, che ero l'unica persona al mondo che sapesse della sua esistenza e che, se l'avessi letto davanti a lei, non sarebbe riuscita a sopportare l'ansia e i timori e molto probabilmente mi avrebbe chiesto di riconsegnarglielo. Capii i suoi sentimenti e, fortemente incuriosita, le chiesi se le dispiacesse restare per un po' da sola. Mi rispose di no, così io andai nella stanzetta con il libriccino già aperto alla prima pagina. Mi buttai sul letto e iniziai la lettura.

[1] «Magari fosse così facile accontentarsi e campare...»

Oggi ho fatto 20 anni e la mamma non è venuta neppure oggi. Io pensavo che veniva papà, ma neppure lui è venuto.

Le monache non lo sanno che oggi è il mio compleanno e io non glielo voglio dire, perché a loro non gli interessa. Forse, però, la mamma se l'è scordato e per questo non è venuta. Poveretta, con tutte le cose che c'ha da fare.

Io, però, oggi ho fatto una poesia e l'ho scritta sulla carta del gabinetto; l'ho scritta quando la madre superiora mi ha mandato nel gabinetto a pulirlo e ora la voglio riscrivere qua perché non voglio perderla e la voglio tenere per quando sarò suora e diventerò pure io superiora:

«Vorrei essere un uccello
e volare via
Vorrei essere piccola
e farmi allattare
Vorrei essere grande
e allattare
Ho sognato di essere un uccello
e di volare via
Ho sognato di essere piccola
e di essere allattata
Ho sognato di essere grande
e di allattare
Però, mi sono svegliata ed ero qua.»

Io lo so che questa poesia non è bella come quella di Leopardi che si intitolava *Il passero solitario*, però, quando leggo questa, mi viene da piangere e con l'altra no.

27 Ottobre 1962

Sono passati dodici giorni da quella volta che ho scritto.

Non ho scritto per due motivi: il primo è che non avevo niente da dire, il secondo è che Angelica ha scoperto una poesia mia che avevo lasciato nel gabinetto e mi ha accusata alla madre superiora e lei mi ha detto che non devo scrivere queste cose perché Dio si arrabbia con me. Io avevo scritto che, secondo me, nessuno mi vuole bene, perché nessuno mi viene a trovare mai e invece alle altre le vengono a trovare i genitori. Angelica mi ha presa in giro e mi ha detto che sono complessata e io non sapevo che significava; lei me lo ha spiegato e mi ha detto che significa che una persona si sente sempre odiata da tutti e che si immagina che tutti ce l'hanno con lei. Io glielo ho detto che non era così, che ero davvero sola e mi sono messa a piangere e lei mi ha detto una parola strana, una cosa che comincia con «para»... Bò! Io glielo volevo chiedere che cosa significava, però non volevo che mi pigliava per un'ignorante e me ne sono andata. Però ho pensato cose brutte di Angelica e ho fatto peccato.

Ora mi vado a coricare, perché è tardi e tutte le altre hanno spento la luce.

È da assai che non scrivo, però ora c'ho un sacco di cose da raccontare, anche se ho poco tempo perché dormono tutti.

Oggi, era domenica e siamo andate a messa alla chiesa di Sant'Angelo. Io ero messa seduta con le altre, poi mi sono andata a confessare, però prima di me c'era un altro ragazzo. Allora io ho aspettato che lui finiva di confessarsi e mi sono rimasta là vicino. E allora c'era lui che si è messo a guardarmi in un modo così assai, che io sono diventata tutta rossa e lui si è messo a ridere e mi guardava sempre. Poi ha finito e io ci stavo andando, a confessarmi, però lui mi ha fermata e mi ha domandato come mi chiamavo. Io glielo ho detto e glielo ho domandato pure a lui. Si chiama Vincenzo ed è troppo bello: c'ha i capelli biondi e gli occhi castani, è alto e un po' magro. Mi ha detto che ho gli occhi troppo bellissimi e io gli ho risposto che «troppo bellissimi» non si può dire e lui mi ha detto che si doveva dire per forza perché i miei occhi erano troppo bellissimi. Mi ha detto quando ci potevamo vedere e io gli ho risposto che non potevo uscire, perché mi dovevo fare suora e lui mi ha detto che non mi dovevo fare suora, perché mi dovevo sposare con lui. Poi ho visto che c'era Maria Luisa che mi guardava e faceva segno ad Assuntina verso di me. Allora siamo rimasti, con Vincenzo, che lui ogni giorno, alle 10 e mezza, se ne va in questa chiesa per vedere se ci vado io. Quando sono andata di nuovo dalle altre, subito Maria Luisa mi ha domandato chi era quello là e io le ho detto che era mio cugino. Io lo voglio vedere subito a Vincenzo, perché mi ha detto le cose più belle di tutta la mia vita. A me non sembra che questo è un peccato, perché io non mi voglio fare monaca, io mi voglio sposare e voglio avere i figli, come tutti. Io non ho mai baciato a nessuno e lui forse poi mi piglia in giro, perché io non lo so come si fa, però può essere che non mi piglia in giro, perché secondo me lui già mi vuole bene. Mi guarda in un modo troppo bello che mi fa tremare e poi mi ha detto che mi vuole sposare, e io pure lo voglio sposare.

Ora devo dormire, però a me non va di dormire: io vorrei continuare a scrivere per tutta la notte e anche domani, però non può essere e allora mi vado a coricare.

13 Novembre 1962

Quanto sono felice!

Oggi ho baciato Vincenzo, anzi mi ha baciata lui. Io non me lo aspettavo che lui mi baciava, però è stato troppo bello. Quando l'ho visto mi è venuto un colpo, perché in chiesa ci sono andata tardi, era già mezzogiorno. Però prima non ci ero potuta andare, perché c'era voluto molto tempo per convincere la madre superiora a mandarmi con Assuntina a fare la spesa. Io glielo ho detto ad Assuntina che mi dovevo vedere con Vincenzo e le ho detto che era mio cugino, però lei l'ha capito, che non era vero, però mi ha giurato che non mi fa la spia, perché pure lei ce l'ha il ragazzo. Allora mi ha lasciata alla chiesa da sola e mi ha detto che veniva dopo un po', quando finiva di fare la spesa e di vedere il suo ragazzo. Però io pensavo che non potevo vedere Vincenzo perché era troppo tardi, e invece lui era là dentro che guardava se io venivo. Quando mi ha vista, è venuto subito e mi ha detto se ero sola e mi ha fatto andare fuori con lui. Qua mi ha detto che è venuto ogni giorno e mi ha aspettata fino alle dodici e mezza. Io gli stavo dicendo che me ne dovevo andare subito e lui allora mi ha abbracciata forte forte e mi ha dato un bacio in bocca. Io sono stata ferma e non facevo niente, primo perché non sapevo che cosa dovevo fare e secondo perché mi veniva da svenire. Lui mi ha detto che in questi giorni ha pensato sempre a me e poi mi ha domandato se il bacio mi era piaciuto e io gli ho detto di sì e allora lui mi ha baciata di nuovo e di nuovo. Secondo me, lui non l'ha capito che io non sapevo baciare, perché se no me lo diceva. Poi però lui mi voleva toccare e io gli ho detto che la doveva finire perché io non ero una ragazza di strada. Lui mi ha detto che se penso queste cose sono una scema, perché lui mi vuole tanto bene. Poi mi ha domandato se io gli volevo bene e io gli ho detto di no e lui mi ha risposto che non ci credeva e mi ha detto che lo dovevo giurare. Io glielo ho giurato però mi sono messa a ridere e lui l'ha capito che non era vero. Io gli voglio tanto bene. Non lo so che cosa è l'amore, però io mi voglio sposare con lui e stare sempre con lui, così ci baciamo sempre.

17 Novembre 1962

È passata una settimana dalla prima volta che ho visto Vincenzo.

Oggi ci siamo visti di nuovo, dopo quattro giorni. Ci sono andata di nuovo con Assuntina che si è vista con il suo ragazzo; lo ho visto anche io il suo ragazzo, perché stavolta ci sono andata prima alla chiesa e Vincenzino ancora non c'era. Il ragazzo di Assuntina si chiama Lillo, ha ventitré anni ed è troppo bello, è più bello di Vincenzo cento volte. Lillo è stato molto carino con me e c'era Assuntina che si arrabbiava. Lui le ha detto che ero molto bella e che ci dovevamo conoscere prima così lui si metteva assieme con me; ci ha una bocca bella e quando ride gli viene un angolino nei lati della bocca. Poi Assuntina ha detto che se ne dovevano andare subito e Lillo diceva che non era tardi e voleva restare, però Assuntina lo ha tirato e diceva sempre che io mi dovevo vedere con un ragazzo. Allora io sono restata sola, però dopo un po' è venuto Vincenzo e mi ha dato subito un bacio. A me Vincenzo piace sempre e mi piace pure quando ci baciamo, però mi piace pure Lillo anche se lo so che è il ragazzo di Assuntina.

23 Novembre 1962

Forse sono nei guai. Quella antipatica di Assuntina mi ha detto che con lei io non ci devo uscire più perché ha detto che faccio la cretina con Lillo e io non posso più vedere Vincenzo, perché la do-

menica sono con le suore e non mi posso fermare con lui. Però a me dispiace pure che non posso vedere più Lillo. Glielo ho detto ad Assuntina
che non era colpa mia, ma lei ha detto che non
è vero. Non lo so che devo fare per vedere di nuovo Lillo.

26 Novembre 1962

«Ricordo i tuoi occhi belli
Vorrei baciare la tua bocca
Fuggire con te lontano lontano
Imparami a volare e voliamo assieme
Forse questo è un peccato
Però lo vorrei
Lo vorrei con tutto il mio cuore di innamorata. »

1 Dicembre 1962

Sono rovinata.
Assuntina la bastarda ha letto questo diario quando io non c'ero ed è andata a dirlo alla madre superiora che io mi vedo con Vincenzo. Però non
glielo ha detto che lei si vede con Lillo. Quando
glielo ho detto alla madre superiora non mi ha creduta e mi ha detto che non devo dire bugie per
cercare di salvarmi. E c'era la bastarda che rideva. Io ho detto la verità e la madre superiora ha
risposto che deve chiamare mio padre e mia madre perché lo devono sapere. La mamma mi scas-
sa a legnate quando lo sa.
Signore aiutami tu!

23 Maggio 1966

Ieri è nata la mia figlia.

Vincenzo la voleva chiamare Ciccina però io non ho voluto. Oggi è venuta la mamma a vedere Rosanna e ha detto che è brutta. Per me è troppo bella, perché ha gli occhi chiari e i capelli biondi. Vincenzo mi ha detto che la mamma lo voleva maschio, come Antonio, però io non sono mio fratello. Forse la mamma non voleva dire quelle cose perché sono troppo brutte.

Sono contenta lo stesso che ho questa figlia. Quanto le voglio bene!

7 Aprile 1967

Oramai Rosanna si sta facendo grande e io non ci ho il tempo neanche per scrivere due parole in questo diario. Vincenzo non trova lavoro e c'è Rosanna che è sempre affamata. Io me la porto dietro quando vado a fare le punture e certe volte le signore le danno i dolci perché è troppo carina. Già sa dire un sacco di cose, però la prima parola che ha detto era «Mamma». Lo ha detto in un modo che mi veniva da piangere. La mamma dice che Rosanna ha gli occhi storti, io glieli guardo sempre però non glieli vedo storti, ce li ha diritti e belli; ora hanno il colore di Vincenzo e i capelli stanno diventando più scuri.

22 Maggio 1967

Oggi Rosanna ha fatto un anno.

Le voglio comprare un regalo però non lo so come devo fare; lo ho detto a Vincenzino e mi ha risposto che sono una cretina perché non abbiamo i soldi neppure per mangiare, però lui i soldi per il vino li vuole lo stesso pure quando lo sa che Rosanna non ha più niente da mettersi. Non se la piglia mai in braccio e non gli dà mai i baci. Va be' che i baci non me li dà neppure a me più, solo certe sere quando vuole fare qualcosa mi incomincia a dare tutti i baci che mi fanno venire lo schifo perché fa puzza di vino.

17 Luglio 1968

Oggi è stata una giornata bruttissima.

La zia Concetta mi aveva detto che c'era una signora che cercava una cameriera e io ci sono andata. Era Assuntina quella signora. Sta in una casa in piazza, proprio al centro. Una casa troppo bella, tutta pulita. Quando mi ha vista prima mi ha guardata perché non era sicura, poi mi ha abbracciata. Si è sposata con Lillo che non era a casa perché era a lavorare, fa il ragioniere in banca e se la passano bene. Ha due figli che stavano dormendo. Non mi ha fatto fare le pulizie perché ci siamo messe a parlare. Poi si è fatto tardi e io me ne volevo andare, però lei mi ha invitata a mangiare a casa sua e io le ho risposto che lo dovevo dire a mio marito. Mi ha detto di telefonargli e io le ho detto che non ce l'avevo il telefono, allora mi ha detto che poi mi accompagnavano loro con la macchina. Lei voleva per forza che vede-

vo Lillo e che lui vedeva a me. E quando lui è venuto Assuntina mi ha detto di mettermi subito a
pulire se volevo i soldi. Io le volevo dire di pulire
da sola con le sue mani pulite e delicate, però c'era
Rosanna che voleva mangiare e allora ho preso
lo straccio e il detersivo e ho cominciato a pulire.
È entrato Lillo ed era troppo bello; era vestito elegante, un signore. Si sono dati un bacio e poi lei
gli ha detto che c'ero io e lui non si ricordava di
me, poi mi ha guardata meglio e mi ha ricono-
sciuta per gli occhi. Ha detto che sono sempre bella. E c'era Assuntina che si arrabbiava e mi ha detto di pulire e diceva a Lillo che mi ero sposata e
che facevo la fame. Lillo mi ha detto che mia figlia è davvero carina e non dava conto alle cose
che diceva Assuntina, anzi pareva che si vergo-
gnava di quello che lei diceva. Però mi guardava
in un modo strano, come se aveva pena di me,
forse lui voleva che io me ne andavo e non facevo niente, però io non lo potevo fare. Lui mi ha
detto di restare là a mangiare e io gli ho detto che
non poteva essere. Allora ho fatto le pulizie mentre loro mangiavano e sentivo che lui le diceva di
smetterla di trattarmi così e parlavano sempre in
italiano pure quando si arrabbiavano. Poi ho finito e Lillo non voleva dare i soldi a Assuntina
e me li ha dati lui. Mi ha domandato scusa per
Assuntina e mi ha dato un sacco di soldi; io glielo ho detto che erano assai e lui ha risposto che
avevo lavorato troppo bene e che quando avevo
bisogno dovevo andare da lui. Io non sapevo che
dovevo dire e me ne sono andata senza salutare
Assuntina.

Lillo è stato troppo buono con me ed era bellissimo. I soldi li ho nascosti perché se no Vincenzo mi fa un sacco di domande e poi mi dice che sono una donna di strada e poi se li piglia tutti. Oggi volevo essere una signora, così gli piacevo di più a Lillo.

«Perché sono così povera? Non è giusto.
Perché Rosanna doveva avere fame?
Perché Lillo mi ha vista così?
Vorrei essere una signora
Una signora con i soldi
Una signora con i vestiti
Una signora con i gioielli
Una signora.»

15 Settembre 1969

Sono una donna di strada, la più schifosa.
Oggi sono andata alla banca di Lillo e l'ho visto. Avevo bisogno di soldi, però io lo so che non ci sono andata per questo. Mi sono messa il vestito buono e mi sono lavata i capelli, ero truccata e parevo una signora con il cappello. Lui mi ha guardata un sacco e diceva sempre che ero troppo bella. Mi ha portata al bar e mi ha chiesto cosa volevo. Là lo conoscevano tutti e mi guardavano perché parevo una signora. Avevamo le bocche vicine vicine e io pensavo a che sapore potevano avere i suoi baci. Siamo usciti e lui ha preso la macchina, e siamo andati al porto a parlare in pace. Io gli ho detto che avevo bisogno di aiuto

e lui mi ha risposto che mi dava tutto quello che volevo. Poi ci siamo guardati fissi negli occhi e ci siamo baciati.

Ci vediamo domani mattina se la signora Enza si tiene di nuovo Rosanna. Il suo bacio aveva un sapore bellissimo, anche se prima aveva bevuto un Martini al bar, mentre c'è Vincenzo che anche quando non ha bevuto ci ha la bocca che gli fa sempre puzza.

17 Settembre 1969

Ora sono proprio una puttana.

Ieri sono andata all'appuntamento e Lillo mi ha portata a casa di un suo amico. Io non volevo fare questo, non ci ho mai pensato, però quando lui ha cominciato a toccarmi io non gli ho detto di smetterla perché mi toccava in un modo bello e pulito. È stato troppo bello anche se io lo so che abbiamo sbagliato a farlo, però è stato bellissimo, con Vincenzo è uno schifo. Lillo mi ha domandato quando ci possiamo vedere di nuovo però io non lo so; gli avevo detto di vederci quando io potevo andare in banca però lui mi ha detto che gli altri lo possono capire. Secondo me è che si sente in colpa. Allora abbiamo detto che quando io ci posso andare, vado al bar alle undici quando lui fa la pausa.

Non vedo l'ora che lo vedo, anche perché non mi sento in colpa verso Vincenzo.

6 Ottobre 1969

Non so che devo fare, forse sono incinta ed è da un sacco di tempo che non faccio niente con Vincenzo e penso che è di Lillo. Ho fatto l'amore con lui solo una volta e il Signore mi ha punita per essere stata felice anche se solo una volta. Ho paura di andare dal dottore perché lo so quello che mi deve dire e ho paura perché non lo saprei che cosa fare.

1 Gennaio 1971

È cominciato un altro anno nuovo.

Aurelia sta un po' male, forse ha la febbre e devo chiamare un dottore. Lillo è da un sacco che non lo vedo e ci devo andare per fargli sapere qualche cosa di nostra figlia. Vincenzo non la può proprio sopportare Aurelia e quando piange beve il vino e poi la vuole picchiare. Per fortuna arrivo io e me la piglio in braccio. Vincenzo non lo sa che non è figlia sua, però forse lo ha capito, perché la tratta sempre male. Forse è perché non assomiglia a lui.

Lillo è diventato insopportabile, mi dice sempre un sacco di cose brutte e vuole sempre sapere quello che faccio con Vincenzo. Io glielo ho detto che con Vincenzo non faccio più niente da un anno, quando ho fatto l'amore con lui per non fargli capire che ero incinta e la figlia non era sua, ma lui non ci crede perché dice che se ho tradito mio marito con lui posso tradire lui con mio marito o con un altro. Però lui fa l'amore con As-

suntina e io glielo dico sempre; lui mi risponde
che lui è un uomo e non può rifiutare di fare il
suo dovere di uomo.
Vorrei essere un uomo.

La devo finire di piangere, non vedo neanche il
foglio dove sto scrivendo.
Il fatto è che tutto il mondo fa schifo.
Vincenzo se ne è andato finalmente dopo che mi
ha finita. Io non ce la faccio più a vivere qua. Oggi mi ha violentata e mi ha scassato a legnate. Che
devo fare? Non so più niente. Assuntina glielo
ha detto che Aurelia è figlia di Lillo e non se la
poteva tenere perché Lillo la voleva lasciare per
stare sempre con me. Io glielo avevo detto a Lillo
di non lasciare Assuntina perché io non potevo
lasciare Vincenzo e Rosanna e stare con lui e Aurelia. Pure Rosanna è figlia mia e pure a lei io voglio bene, anche se voglio più bene ad Aurelia.
Io tratto meglio Rosanna così nessuno lo capisce,
però certe volte quando vedo a Rosanna che vuole
darle botte, io la vorrei scassare a legnate. E Vincenzo mi ha scassàta a legnate e mi ha pure buttata sul letto e mi ha spogliata e si è spogliato pure lui... Mi veniva da vomitare e ogni volta che
io gli dicevo di finirla lui mi diceva che ero una
zoccola e che le zoccole si devono trattare così...
C'era Rosanna che piangeva e mi chiamava e voleva entrare. Però c'era la porta chiusa per fortuna perché se no vedeva quello schifo e piangeva

di più. Poi lui si è preso tutti i soldi che c'erano nel cassetto e se ne è andato. Si è andato a comprare il vino e poi quando viene a casa è di nuovo ubbriaco e mi picchia e mi dice quelle cose. Mi diceva sempre: quanti soldi ti sei fatta fare? E diceva che ero scema perché almeno mi potevo fare dare di più, però che io non sono buona neppure a farmela ficcare. Io glielo volevo dire che io non me l'avevo fatta ficcare, io avevo fatto l'amore con lui e lui mi aveva detto che era stata la cosa più bella di tutta la sua vita. Ho paura se lui fa il male ad Aurelia, perché ora è pazzo e non capisce più niente.

Stavo quasi per cominciare a leggere un'altra pagina, con le lacrime agli occhi, ma entrò mia zia e mi interruppe: « *Và sarvulu, allè! Stà trasennu Vicinzinu, allè, Annè, curra!* ».[1]

Mi alzai di scatto e mi affrettai a nascondere il diario sotto il materasso. Entrò subito dopo lui per salutarmi.

« *Annè, ccà sì? Quannu vinisti?* »[2]

La zia gli rispose per me, e lui si avvicinò per baciarmi la guancia. Provai un moto di repulsione, ma non potei impedirgli di intaccarmi la guancia con quelle labbra disgustose e con quell'alito vomitevole. Poi

---

[1] « Vai a nasconderlo, sbrigati! Sta entrando Vincenzino. Sbrigati, Annetta, corri! »
[2] « Annetta, sei qua? Quando sei arrivata? »

la zia Vannina ci disse di andare a tavola, perché era già tutto pronto.

Erano già le tredici, e io avevo perso completamente la nozione del tempo, immersa com'ero in quella entusiasmante e commovente scoperta del vero io della zia Vannina. E la zia, mentre serviva la pasta fumante, ma troppo cotta, mi guardava come a cercare una risposta, un commento nei miei occhi. Non potevo farglielo capire in nessun modo quel che pensavo, anche perché neppure io sapevo esattamente cosa pensavo: avevo letto quelle pagine con il cuore e ora potevo giudicarla solo con il cuore, ma non me la sentivo di esprimere un qualsiasi giudizio su di lei. Volevo soltanto finire subito di pranzare, aspettare che lui si mettesse a letto, come è uso dalle mie parti, e tornare a rifiondarmi nella lettura.

Intanto, però, dovevo sopportare le sue domande, alle quali si autorispondeva, i suoi commentini sempre volgari...

«*Scè, scè... Annetta ranni addivintà...*»[1]

E dovevo far finta di non capire le chiarissime allusioni e continuare a mangiare, mentre il mio pensiero correva a quelle parole: «*Poi continuammu*». *Poi* significava ora, era ora: lui aveva finalmente l'occasione di continuare l'opera iniziata diversi anni prima e mai portata a termine... E chi poteva difendermi? Mia zia? Che non era riuscita neppure a difendere se stessa? Ero sola, nell'appuntamento con lui, e lui lo sapeva benissimo. Non sarebbe più venuta

---

[1] «Guarda, guarda... Annetta è diventata grande...»

la nonna a portarmi via ed evitare che mi facessero del male.

Il pranzo ebbe fine e io mi alzai subito da tavola. Arrivata nella stanzetta, alzai il materasso e presi il libretto per continuare la lettura, forse anche per scacciare la paura e quel senso d'impotenza che s'impossessavano di me ogni qualvolta ripensavo a quelle parole: «*Poi continuammu*».

23 Maggio 1973

Per fortuna che ci ho almeno questo diario per sfogarmi che, se no, diventerei pazza...

Ieri Vincenzo è venuto tardi a casa, era l'una passata e io ho fatto finta di dormire. Lui si è spogliato e diceva sempre che aveva sposato una puttana che non sa scopare. Se ne era andato con qualche puttana vera, quelle che si fanno pagare, c'è andato con i miei soldi... Poi si è coricato però non dormiva perché ho sentito che piangeva; fa schifo pure quando piange perché si asciuga il naso con la mano e poi passa la mano sul lenzuolo. Non è la prima volta che si mette a piangere, lo fa ogni volta che è ubbriachissimo. Una volta ho cercato di fargli coraggio perché non lo capivo perché piangeva e lui si è messo a ridere poi piangeva di nuovo e poi mi ha dato uno schiaffo forte. Il giorno dopo glielo ho detto e non se lo ricordava, così ogni volta che fa così io non gli dico più niente. Facevo finta di dormire però lui mi dava pizzicotti sul braccio e mi spingeva perché mi voleva svegliarmi.

Stamattina sono andata dalla mamma perché ho paura che fa male ad Aurelia e gli ho detto se mi faceva dormire con lei, mi ci sono pure messa a piangere. La mamma mi ha detto che me ne dovevo tornare a casa perché quello è mio marito e me lo sono scelto io. Neppure mia mamma mi vuole aiutare. Lillo non lo vedo più perché non posso uscire più neanche per lavorare.

Che vita è questa?

7 Luglio 1974

La mamma è morta e loro pensano a chi tocca la casa perché non ha lasciato il testamento. Io voglio la mia mamma...

16 Dicembre 1974

Anche papà se ne è andato, però lo sapevamo che stava per morire, da quando è morta la mamma stava sempre male e piangeva e la chiamava sempre. Ora sono sola, prima c'erano la mamma e il papà, ora sono sola. Vincenzo se ne vuole andare in Svizzera a cercare lavoro là, perché dice che qua faremo la fame, però lui la fame non la ha mai fatta perché c'ero io. Sono contenta che se ne va, così non ho più paura.

20 Dicembre 1974

Vincenzo mi ha detto che alla fine del mese se ne va con un suo amico in Svizzera. Per me se ne può andare oggi stesso, mi fa un favore, però vuole portarsi anche Rosanna perché così la fa visitare da un dottore e la fa operare quando riesce ad avere tutti i soldi, perché costa assai. La mamma me lo diceva che Rosanna aveva gli occhi storti e io non ci volevo credere. Glieli ho visti storti solo dopo che è nata Aurelia. Io non voglio che Vincenzo se la porta là.

4 Gennaio 1975

Vincenzo è partito ieri e si è portato Rosanna senza che io lo sapevo.
Me ne ero andata a fare le pulizie dalla signorina Vincenti e quando sono venuta c'era solo Aurelia a casa che mi ha detto che era venuto l'amico suo a pigliarlo e lui ha detto a Rosanna di pigliare le sue cose e di andarsene. Rosanna si è messa a piangere perché non se ne voleva andare senza di me e lui le ha dato uno schiaffo e se la è portata. Hanno lasciata Aurelia sola a casa e lo sanno che si spaventa quando è sola. Ora io voglio andare alla banca di Lillo. Lui tra poco divorzia con Assuntina: me lo ha detto lei quando è venuta qua a farmi casino. Però non so manco che gli devo dire quando lo vedo perché è da troppo tempo che non ci vediamo.

15 Giugno 1975

Oggi mi è arrivata la prima lettera di Vincenzo, dopo tutti questi mesi.

Mi ha detto che si è comprato la macchina e che è andato dal dottore e lui gli ha detto che l'operazione costa un sacco di soldi e allora non gliela fa. Forse vengono a Natale, però non lo sa perché il lavoro è troppo assai. Io mi vedo ogni giorno con Lillo; ormai viene a pigliarci a casa perché non gli interessa niente della gente, però io lo so quello che pensano e quando viene Vincenzo glielo dicono. Lillo dice sempre che quando gli danno il divorzio mi sposa, però c'è Assuntina che va sempre alla sua banca e gli telefona e non gli vuole fare vedere i bambini.

Io me ne vorrei andare, però da sola, non voglio stare neppure con Lillo.

23 Novembre 1975

Oggi è venuto Lillo e mi ha detto che ha fatto la pace con Assuntina e che stanno di nuovo assieme. Mi ha detto che noi ci possiamo vedere lo stesso però non ogni giorno e io gli ho risposto che non volevo. Sono contenta che sta di nuovo con Assuntina, però io ora non ci ho più a nessuno.

17 Dicembre 1975

È venuto di nuovo Lillo a cercarmi.
Io non lo voglio vedere più, però lui viene lo stesso perché dice che non ci può stare più con Assuntina che è incinta e fa sempre un sacco di storie. Ha voluto fare l'amore con me, io gli avevo

detto di no, però lui mi ha risposto che ne aveva bisogno perché era da un sacco di tempo che non lo faceva. E allora Assuntina come è rimasta incinta? Per opera dello Spirito Santo? Comunque mi è venuta la pena e l'abbiamo fatto.
Tra poco è Natale e viene Vincenzino.

Qua si interrompeva la narrazione, e io ero rimasta con la curiosità che doveva rimanere inappagata almeno fino a quando lui non se ne fosse andato. Allora avrei potuto chiedere a mia zia che fine avesse fatto quel Lillo, come lei avesse potuto continuare a vivere accanto a suo marito e cosa pensasse ora.

Purtroppo l'attesa fu più lunga di quanto avessi previsto, perché mia zia se ne andò con suo marito in paese. Ritornarono a casa verso le venti, cenammo, poi lui uscì per il suo solito giro dei bar e, finalmente, le potei parlare. Era un po' difficile aprire il discorso, ma mi aiutò mia zia.

«*Finisti di leggiri u diariu?*»[1]

«*Sì, zzì. Ti vuliva diri... Ma comu finia, ccù chiddu?*»[2]

«*Ccù Lillu? Nenti, ogni tantu u viu, quannu vaiu o paisi...*»[3]

«*Ma, zzì, chi successa dopu?*»[4]

Mia zia cominciò, con qualche esitazione inizia-

---

[1] « Hai finito di leggere il diario? »
[2] « Sì, zia... Ti volevo dire... Ma come è finita con quello? »
[3] « Con Lillo? Niente, ogni tanto lo vedo, quando vado in paese... »
[4] « Ma, zia, cos'è successo dopo? »

le, a raccontare il resto della storia: Lillo restò con la moglie, e ancora adesso è possibile vederli la domenica mattina, in chiesa, e la domenica sera, in piazza, che passeggiano a braccetto con i tre figli dietro. Per quanto riguarda mio zio, ritornò a Natale e rimase. Da allora la vita procedeva normalmente. Ogni tanto lui le ricordava quel che aveva fatto, senza considerare quello che tutti ormai sapevano, per mezzo della bocca dell'amico, e cioè che in Svizzera aveva vissuto con una donna dalla moralità per nulla dubbia: non ne aveva e basta. Stranamente nessuno gli aveva mai parlato delle visite di Lillo, perché conoscevano mia zia e avevano grande stima di lei.

Le chiesi cosa sognasse ora, e lei alzò le spalle. La cosa che più mi straniva, in tutta questa vicenda, era che mia zia fosse rimasta incinta l'unica volta che aveva fatto l'amore con vero piacere, e tutte le altre volte, che sicuramente erano state molte, non fosse successo niente. Forse tutte le altre volte non c'era bisogno di punirla: la vera punizione era farlo. Adesso non sognava più nulla, o, meglio, voleva evitare e impedirsi di sognare per non disilludersi ancora.

A questo punto mi chiese cosa ne pensassi di lei; non le risposi, ma l'abbracciai e lei pianse. Avevo voglia, sempre più voglia di raccontarle di suo marito e, più mi dicevo che non era giusto, più pensavo che fosse giusto.

Glielo dissi, alla fine, in un modo brusco e conciso, evitando particolari o commenti vari, solo il fatto come era successo. Non so se fosse sorpresa; comunque mi piacque che non simulasse sorpresa.

Disse: «*Accussì porcu è?*».[1] Poi pensò a me e scoprì che non ero al sicuro a casa sua.

Forse fu questa la molla che le fece prendere la decisione più importante della sua vita: andarsene da quella casa, portandosi dietro le due figlie e nient'altro che poche lire e i suoi nuovi sogni. Gli occhi le brillavano, mentre mi comunicava la sua decisione.

E io? Cosa sarebbe stato di me?

Mia zia mi disse che, naturalmente, mi avrebbe portato con sé.

Il giorno dopo andammo da quel Lillo, alla «sua banca», come diceva mia zia, per comunicargli la notizia.

Mia zia era molto nervosa, anche se faceva di tutto per nasconderlo. Dalle otto, quando mi aveva svegliata, le avevo visto fumare almeno dieci sigarette ed erano appena le dieci. Era decisa, parlava con voce sicura e apparentemente tranquilla, ma, appena giunti davanti alla porta di vetro, ha cominciato a tremare e ripeteva che era meglio tornare a casa, perché le cose potevano sistemarsi in un modo meno drastico. Non capivo il motivo del suo repentino cambiamento d'umore e di opinione e lo imputai all'importanza del passo, alla sua gravità, considerato l'ambiente in cui viveva.

Capii la vera ragione quando la zia parlò con quel Lillo. Era un uomo davvero bello, molto giovanile e

[1] «Così porco è?»

piacevole a guardarsi, con una bocca veramente molto sensuale. Quando vide entrare la zia, si precipitò alla porta, le disse di attendere qualche minuto e ritornò, libero per un'ora.

Andammo al bar e lui chiese chi fossi e come mai avesse portato anche me; la zia rispose solo che ero sua nipote e cominciò a parlargli delle sue decisioni. Adesso aveva un tono e un atteggiamento dimesso e indeciso. E subito dopo ne capii la ragione: Lillo si mise a gridare come un forsennato e a nulla valevano i tentativi di mia zia di calmarlo, non intendeva ragioni.

Intanto gli occhi delle persone si erano puntati tutti su di noi e lui voleva andarsene, ma c'ero io. Mi gridò di andarmene, di andarmene subito. Mia zia mi supplicava di rimanere con gli occhi spaventati; lui continuava a gridarmi di andarmene e la zia di restare. Poi lui le diede uno schiaffo e lei mi disse di andare a casa, sarebbe venuta tra un po'.

Non sapevo cosa fare, non volevo lasciarla da sola con quel pazzo. E, vedendomi indugiare, Lillo mi disse: «Ma cosa stai aspettando? Vattene!». Così, me ne andai.

L'aspettai per un'ora, per due ore, e poi tre ore, quattro, cinque, mentre suo marito cominciava già a torturarmi per sapere dove fosse andata. Mia zia non tornava e le mie cuginette avevano da poco smesso di piangere. Ero preoccupata, la immaginavo morta o qualcosa del genere.

Erano ormai le ventitré, e di lei nessuna notizia. Le bambine erano già a letto, anche se c'erano voluti due ceffoni di mio zio per far addormentare Aurelia.

Non mi ero ancora resa conto della gravità della situazione, per quanto mi riguardava: ero da sola con lui, del tutto sola... Eppure, ottimista a oltranza, quale sono sempre stata, pensavo che fosse troppo preoccupato per la sparizione della moglie...

In effetti aveva assunto un atteggiamento così triste e pensieroso che, anche se non era in pensiero, dava tutta l'impressione di esserlo. Questo fino a mezzanotte.

«*Ammu aspittatu anchi troppu assai... Cosà unni si ia a sbattiri i corna... Và, emmini a curcari... Annè, senti, ma tu, un ti scanti a dormiri sula?*»[1]

«*Veramenti, ci sunnu Rosanna e Aurelia 'ccù mmia...*»[2]

«*U sacciu, u sacciu... Però, senza a tò mamma e u tò patri... U sa cchi ti dicu? Stanotti dormi ccù mmia nna stanza lettu...*»[3]

«*No, zzì, daveru ti dicu, un mi scantu...*»[4]

«*Allè, un fari a babba... Ormai, accussì ma pinzavu...*»[5]

«*Ma, zzì, ci sunnu i carusi suli...*»[6]

«*Futtatinni, tu dormi 'ccù mmia!*»[7]

Mi prese per un braccio e mi trascinò con forza

---

[1] « Abbiamo aspettato anche troppo... Chissà dov'è andata a sbattersi le corna... Dai, andiamo a letto... Annetta, senti, ma tu non hai paura a dormire da sola? »
[2] « Veramente, ci sono Rosanna e Aurelia con me... »
[3] « Lo so, lo so... Però, senza tua madre e tuo padre... Sai cosa ti dico? Stanotte dormirai con me, nella stanza da letto... »
[4] « No, zio, dico davvero, non ho paura... »
[5] « Dai, non fare la stupida... Ormai, ho deciso così... »
[6] « Ma, zio, ci sono le bambine da sole... »
[7] « Infischiatene, tu dormi con me! »

nella stanza da letto. Mi faceva male, e io, con il dolore, scordai per un attimo pure la paura. Ma mi riassalì, la paura, quando lui cominciò a spogliarsi.

«*A dormiri vistuta? Alle, fammi vidiri comu si fatta...*»[1]

E aveva uno sguardo ubriaco e maniaco.

Gli dissi che non volevo restare lì con lui, e lui si alzò, venne vicino a me, si abbassò i pantaloni e rimase nudo. Mi fece inginocchiare davanti a sé e mi prese per i capelli, facendomi avvicinare al suo membro. Io gridavo, gridavo e lui tirava più forte i capelli.

Si svegliò Rosanna ed entrò dalla porta che lui non aveva avuto neppure il buon gusto di chiudere, ci vide in quella posizione e le vidi lo sguardo rasserenarsi. Poi mi disse: «*Un ti preoccupari, Annè, cà poi nescia u latti...*».[2]

Rimasi un attimo senza capire, mentre lui rideva e mi diceva: «*Bonu è u latti, Annè! Tè, assaggilu!*».[3]

Allora capii e scappai. Mi misi a correre, in camicia da notte e pantofole, per quelle strade senza strade, in mezzo all'erba e al fetore dello stagno. Oltrepassavo correndo le poche macchine e gli ubriachi mi chiedevano dove andavo e la gente normale mi guardava stupita e curiosa. Odiavo mia zia che non era ritornata quella sera, odiavo mia zia che aveva permesso che lui si servisse anche di sua figlia, quel porco!

---

[1] «Devi dormire vestita? Dai, fammi vedere come sei fatta... »
[2] «Non ti preoccupare, Annetta, poi esce il latte... »
[3] «Buono è il latte, Annetta! Tieni, assaggialo! »

Non sapevo neppure dove andare: a casa mia? Non era più mia, non lo era mai stata.

Si avvicinò una macchina e riconobbi *lui* che mi suonava il clacson, voleva che mi fermassi, che salissi in macchina e tornassi a casa sua, tanto, dove potevo andare? I miei genitori non mi avrebbero creduto né tanto meno ripresa in casa.

Aveva ragione, assolutamente ragione, ma ero disposta ad andare ovunque, piuttosto che tornare in quella casa.

Poi, mentre lui cercava di chiudermi il passaggio, ricordai che da quelle parti c'era la casa di Angelina Carasotti. Ripresi a correre, riuscii a evitarlo e, finalmente, entrai in un vicolo, impossibile da percorrere con la macchina. Ma lui mi vide e scese subito dalla macchina.

Ero davanti al portone di Angelina ed ebbi appena il tempo di suonare il campanello che già era arrivato. Cominciai a gridare e a chiamare Angelina, mentre lui mi dava calci e mi tirava. Si affacciò l'ingegnere e chiese cosa succedesse.

« *Sugnu Annetta! Angilina! Aiutatimi! Mi vò ammazzarriii! Aiutu! Aiutu!* »[1]

Gridai con più forza possibile, per cercare il suo aiuto anche attraverso il timbro della voce.

« La lasci! La lasci subito o chiamo la polizia! »

« *Lei si facissa i cazzi sua, cà se no, puru ppi lei ci ni sù!!!* »[2]

---

[1] « Sono Annetta! Angelina! Aiutatemi! Mi vuole ammazzareee! Aiuto! Aiuto! »
[2] « Lei si faccia i cazzi suoi, senno ce ne sono pure per lei!!! »

A questo punto l'ingegnere chiamò sua moglie e le disse di avvertire la polizia, mentre accorreva in mio aiuto. Sentivo la voce sorpresa della moglie che chiedeva cosa succedesse.

L'ingegnere scese immediatamente, in vestaglia, mentre mio zio già mollava la presa per cercare qualcosa con cui poterlo colpire. Trovò una sbarra di ferro e lo aspettava, davanti al portone.

Gridai all'ingegnere di stare attento, gli gridavo: «*Attentu! Attentu!*», e intanto correvo a chiamare aiuto.

Le strade deserte! I cani, solo i cani passavano!

Poi, finalmente, fu la volta di una macchina. Mi misi in mezzo alla strada e gridai di fermarsi: «*Aiutu! Aiutu! S'ammazzunu! S'ammazzunu!... Viniti... Curriti!*».[1]

Erano in tre. Accorsero a fermare mio zio che rincorreva l'ingegnere con quella sbarra in mano... Lo aveva già colpito a una spalla e gli gridava: «*Curri, ah? Curri, curnutu?*».[2]

Dal balcone, la moglie e Angelina invocavano, piangendo, aiuto. Arrivarono alla fine anche i poliziotti, mentre i tre tenevano mio zio che tirava calci e bestemmiava.

Andammo tutti in questura. Vollero sapere tutto di me, chi ero, chi erano i miei genitori, perché mi trovavo a casa di mio zio, dov'era mia zia... Poi vollero avvisare i miei genitori, nonostante le mie sup-

[1] «Aiuto! Aiuto! Si ammazzano! Si ammazzano!... Venite... Correte!»
[2] «Corri, eh? Corri, cornuto?»

pliche e le rassicurazioni di Angelina e dei suoi genitori.

L'ingegnere e sua moglie mi ripetevano che, se ci fossero stati problemi, sarei rimasta a casa loro. Mi convinsero a sporgere denunzia per tentata violenza carnale contro mio zio e mi trattarono da essere umano; mi dissero che queste cose non le fanno neppure le bestie e che doveva essere punito.

Arrivarono anche loro, i miei genitori: mio padre, con il suo sguardo accusatore – avevo dato scandalo –, avrebbe avuto voglia di avventarsi contro di me, ma si tratteneva; mia madre non si tratteneva, mi balzò subito addosso, mi ringhiò qualcosa e mi addentò un braccio, a guisa di belva famelica, sembrava una lupa. Ma l'ingegnere le impedì di continuare e lei dovette alzare la testa « dal fiero pasto ». Gli chiese cosa volesse da lei, perché si impicciava degli affari di casa nostra, forse che non gli era bastato quanto aveva fatto sua figlia, che aveva trasformato un'angelica bambina in una « *buttana strafalaria* »?[1]

L'ingegnere le disse di calmarsi, che nessuno aveva il diritto di picchiare una persona qualsiasi, figurarsi un figlio, e che, comunque, non avrebbe permesso che toccassero me.

Intanto Angelina e sua madre mi tiravano da parte, vicino a loro, mi lisciavano i capelli, ripetendomi che non mi dovevo preoccupare.

---

[1] Puttana sguaiata, in questo contesto anche volgare.

Per quella notte e per molte altre successive, dormii a casa loro. Mi trattavano benissimo, come se fossi la sorella minore di Angelina che, dal canto suo, mi prestava i suoi vestiti e mi faceva uscire con lei.

Fu un mese tranquillo, quello, per me: avevo già scordato le miserie di casa mia, ero una ragazza del tutto normale che viveva la sua esistenza normale. Solo che non poteva durare per sempre, il mio Eden!...

Avevo rivisto Nicola ed eravamo tornati a frequentarci: mi piaceva, aveva delle belle idee, mi parlava di parità di diritti fra uomini e donne, era dolce, mi colmava di affetto e di attenzioni, e io cominciavo a considerarlo il mio Principe Azzurro, quello che non avevo mai cercato né sognato.

Poi i miei genitori si ricordarono di avere una figlia e decisero di venirmi a riprendere, per salvare quell'onore che questi giorni a casa di Angelina avevano messo a repentaglio. Si vociferava e molto su questa relazione mia con Nicola e ci si chiedeva quanto i miei genitori avrebbero regolarizzato la cosa, quando mi avrebbero accasata e mi avrebbero trovato il padre-marito, nel caso Nicola si fosse rifiutato di assolvere al suo dovere.

Mio padre volle sapere della famiglia di Nicola e, a mia insaputa, andò a trovare i suoi genitori, per vedere di chiarire la situazione. Trovò, per sua fortuna, gente come lui che lo rassicurò circa le serissime intenzioni del loro figlio.

L'anno dopo io e Nicola convolammo a giuste (o ingiuste?, ma non importa) nozze e andammo a costruire la nostra nuova, e non so fino a che punto voluta, famiglia.

Da allora sono passati molti anni, ho assistito a vere rivoluzioni nel mio paese, le ragazze escono tranquillamente da casa, i genitori non sono più molto severi, quasi tutte frequentano scuole e alcune, addirittura, l'università. Ma io non ho mai potuto portare i pantaloni.

Gliel'ho detto alla zia Vannina, quando è venuta a trovarmi (era scappata con Lillo, ma si erano lasciati, e ora era l'amante di un facoltoso dottore, sposato con prole, mentre suo marito godeva l'ospitalità del Malaspina, a Caltanissetta); gliel'ho detto e lei ha replicato: «*Annè, ma pirchì ti maritasti?*».[1]

«*Pozzu cangiari 'na testa, no tutti i testi.*»[2]

Lei si è fatta seria. Poi abbiamo ripensato a quella volta che avevo provato i pantaloni di suo marito, e ci siamo messe a ridere.

[1] «Annetta, ma perché ti sei sposata?»
[2] «Posso cambiare una testa, non tutte le teste.»

«Volevo i pantaloni»
di Lara Cardella
Bestsellers Oscar Mondadori
Arnoldo Mondadori Editore

Questo volume è stato stampato
presso Mondadori Printing S.p.A
Stabilimento NSM - Cles (TN)
Stampato in Italia - Printed in Italy